SATAN サタン

10

SEISHI KISHIMOTO

SELON UN SAGE, LA "BÊTE" A UN NOMBRE QUI LA CARACTÉRISE. CE NOMBRE EST UTILISÉ PAR LES HUMAINS. CE NOMBRE EST
LE 666
L'APOCALYPSE SELON SAINT-JEAN. LE NOUVEL ÉVANGILE, PREMIER PARAGRAPHE

666 SATAN

SPIRITS
LE SPIRIT EST L'ÉNERGIE INTÉRIEURE QUI CIRCULE DANS LE CORPS DE CERTAINES PERSONNES APPELÉES O.P.T. PLUS CETTE ÉNERGIE EST PRÉSENTE DANS LE CORPS, PLUS L'O.P.T. EST PUISSANT
O-PARTS
CE SONT LES RESTES D'UNE ANCIENNE CIVILISATION DISPARUE, ET QUI POSSÈDENT DES POUVOIRS EXTRAORDINAIRES. ON PEUT EN DÉCOUVRIR DANS LES DIVERSES RUINES DE CETTE CIVILISATION. SELON LA PUISSANCE DE CES O-PARTS, ON LES CLASSE EN SEPT CATÉGORIES, DE E À SS
EFFECT
L'EFFECT EST L'ÉNERGIE QUE RENFERME L'O-PARTS. LORSQUE L'O.P.T. LIBÈRE SON SPIRIT, IL ACTIVE L'O-PARTS ET EN LIBÈRE L'ÉNERGIE, APPELÉE EFFECT
O.P.T.
LES O.P.T. SONT DES PERSONNES CAPABLES D'ACTIVER ET DE LIBÉRER L'ÉNERGIE CONTENUE DANS LES O-PARTS ET AINSI D'EN UTILISER LES POUVOIRS. LE TERME D'O.P.T. EST L'ABRÉVIATION D'O-PARTS TACTICIENS

666 SATAN
10
KUROKAWA
SEISHI KISHIMOTO

PRÉSENTATION DES PERSONNAGES

HEROS DE CETTE HISTOIRE, IL EST UN O.P.T. QUI RÊVE DE CONQUERIR LE MONDE. IL EST TRÈS PUISSANT MAIS ON NE SAIT RIEN SUR SES ORIGINES ET SEMBLE PORTER UN SECRET EN LUI. IL POSSÈDE UN O-PARTS DU NOM D'ADVANCE ZEROSHIKI, DE CLASSE B ET DONT L'EFFECT EST DE TRIPLER L'ENERGIE

RUBY EST UN CHASSEUR DE TRESORS. ELLE A LA FACULTE DE POUVOIR LIRE ET DECHIFFRER LES ÉCRITURES DES ANCIENNES CIVILISATIONS. ELLE FIT LA CONNAISSANCE DE JIO DURANT SON PERIPLE POUR TROUVER L'O-PARTS LEGENDAIRE

C'EST L'APPARENCE DE JIO LORSQUE CELUI-CI SE TRANSFORME SOUDAINEMENT. IL POSSÈDE UNE PUISSANCE INCROYABLE ET IL EST ENTOURÉ DE MYSTÈRES

RÉSUMÉ DES ÉPISODES PRÉCÉDENTS :

ASKALD EST UN MONDE OÙ LES CHASSEURS DE TRESORS DE TOUT POIL, S'AFFRONTENT POUR RETROUVER LES O-PARTS, CES TRESORS, RESTES D'UNE CIVILISATION ANCIENNE AUJOURD'HUI DISPARUE...
MAIS IL EXISTE AUSSI EN CE MONDE, UNE CRÉATURE QUI TERRORISE TOUT LE MONDE. ON RECONNAÎT CETTE CRÉATURE MONSTRUEUSE AU NOMBRE QU'ELLE PORTE SUR SON FRONT : 666, LE NOMBRE DE LA BÊTE.
JIO ET NOS AMIS, TOUJOURS À LA RECHERCHE DE L'O-PARTS LÉGENDAIRE ARRIVENT DANS LA CITÉ CÉLESTE DE ROCKBIRD, OÙ ILS S'INSCRIVENT AU TOURNOI D'OLYMPIA. S'Y S'AFFRONTENT LES MEILLEURS O.P.T. DE LA PLANETE. UNE FOIS TOUS LES QUATRE ANS, PENSANT QUE CELA LEUR PERMETTRA D'OBTENIR DES INFORMATIONS SUR L'O-PARTS LÉGENDAIRE.
ROCKBIRD EST UNE VILLE CÉLESTE GOUVERNÉE PAR LE MYSTERIEUX ICAROS, ET RESTE LE SEUL ENDROIT OÙ NI LE GOUVERNEMENT DE STEA, NI L'ORGANISATION DE ZENOM, N'ONT JAMAIS PU IMPOSER LEUR LOI.
JIO ET BALL SONT SORTIS VAINQUEURS DE LEUR PREMIER COMBAT. UNE AUTRE CONCURRENTE, LA FRÊLE YURIA, SE PRÉPARE À AFFRONTER UN TUEUR PSYCHOPATHE ET SANS AUCUNE PITIÉ, PYTHON.
POURRA-T-ELLE PARVENIR À GAGNER... ?

666 SATAN 10

TABLE DES MATIÈRES

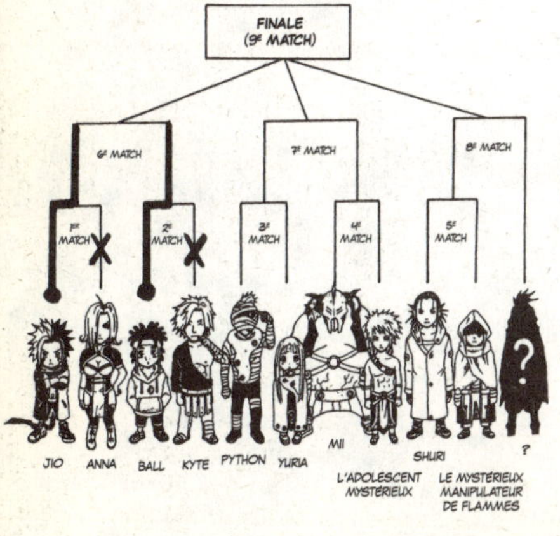

CHAPITRE 37 : UN VÉRITABLE MONSTRE 1

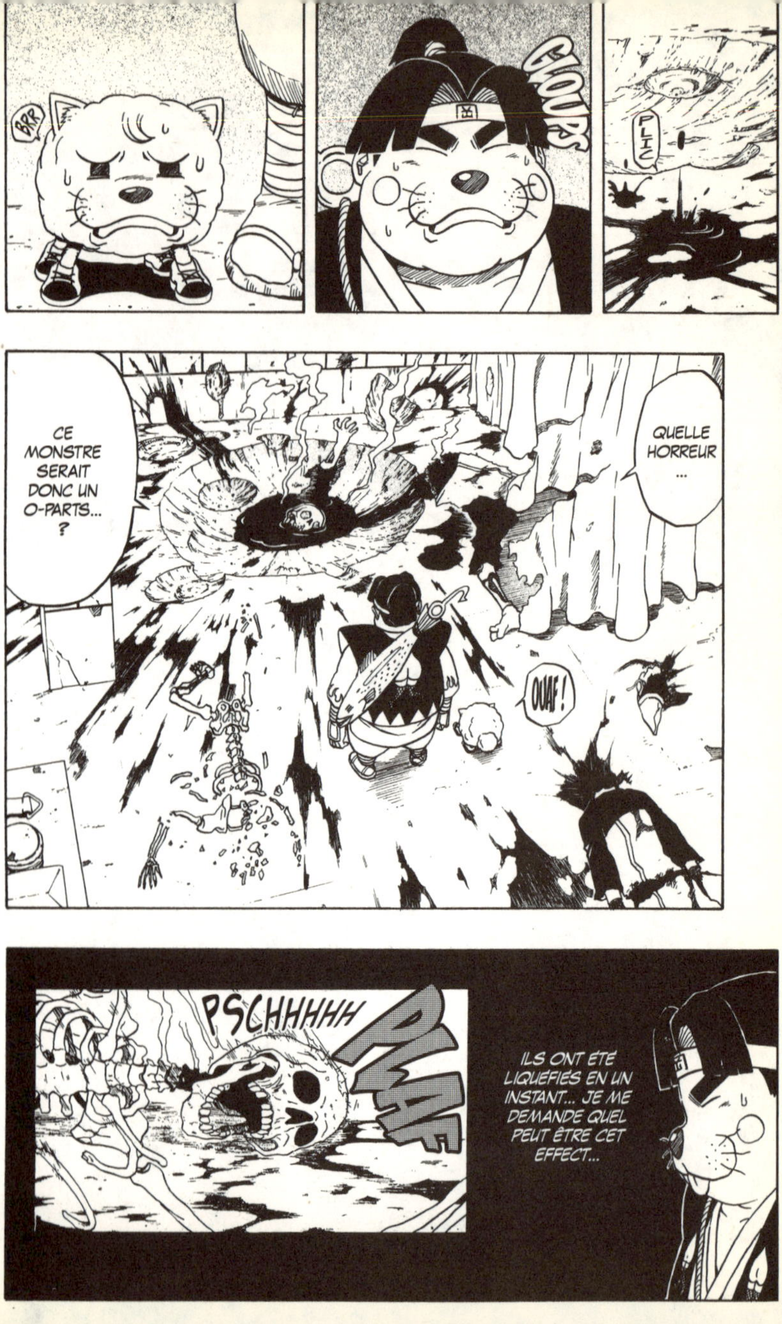
PLIC
GLOUPS
BRR
QUELLE HORREUR ...
OUAF !
CE MONSTRE SERAIT DONC UN O-PARTS... ?
ILS ONT ÉTÉ LIQUÉFIÉS EN UN INSTANT... JE ME DEMANDE QUEL PEUT ÊTRE CET EFFECT...
PSCHHHHH

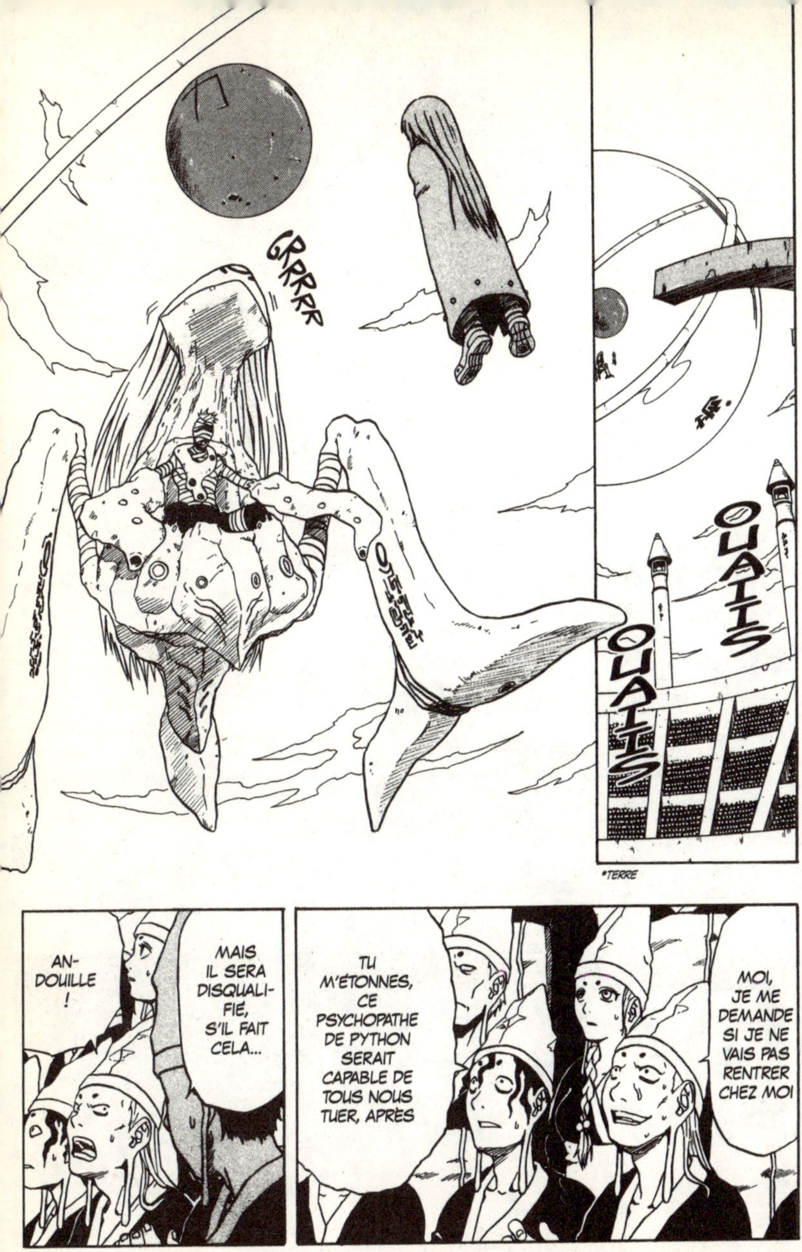
GRRRRR
OUAIIS
OUAIIS
*TERRE
MOI, JE ME DEMANDE SI JE NE VAIS PAS RENTRER CHEZ MOI
TU M'ÉTONNES, CE PSYCHOPATHE DE PYTHON SERAIT CAPABLE DE TOUS NOUS TUER, APRÈS
MAIS IL SERA DISQUALIFIÉ, S'IL FAIT CELA...
ANDOUILLE !

SI TU CROIS QUE C'EST CE QUI VA L'AR-RÊTER !
TOUT CE QU'IL DÉSIRE, C'EST TUER, UN POINT C'EST TOUT !
CRLL
C'EST POUR CELA QU'ON L'A SURNOMMÉ "ENJOY KILLER"
CELUI QUI AIME TUER POUR LE PLAISIR
HMMPF
HI HI
IL A DÛ T'EN-TENDRE, IL NOUS REGARDE !
GLOUPS
AAAAHH !
PFFF, UNE PETITE GAMINE ET UNE MOMIE
VOILA UN COMBAT QUI NE M'ENTHOU-SIASME PAS DES MASSES
BIEN, QUE LE TROISIÈME MATCH COMMENCE !
PYTHON CONTRE YURIA
TOC TOC

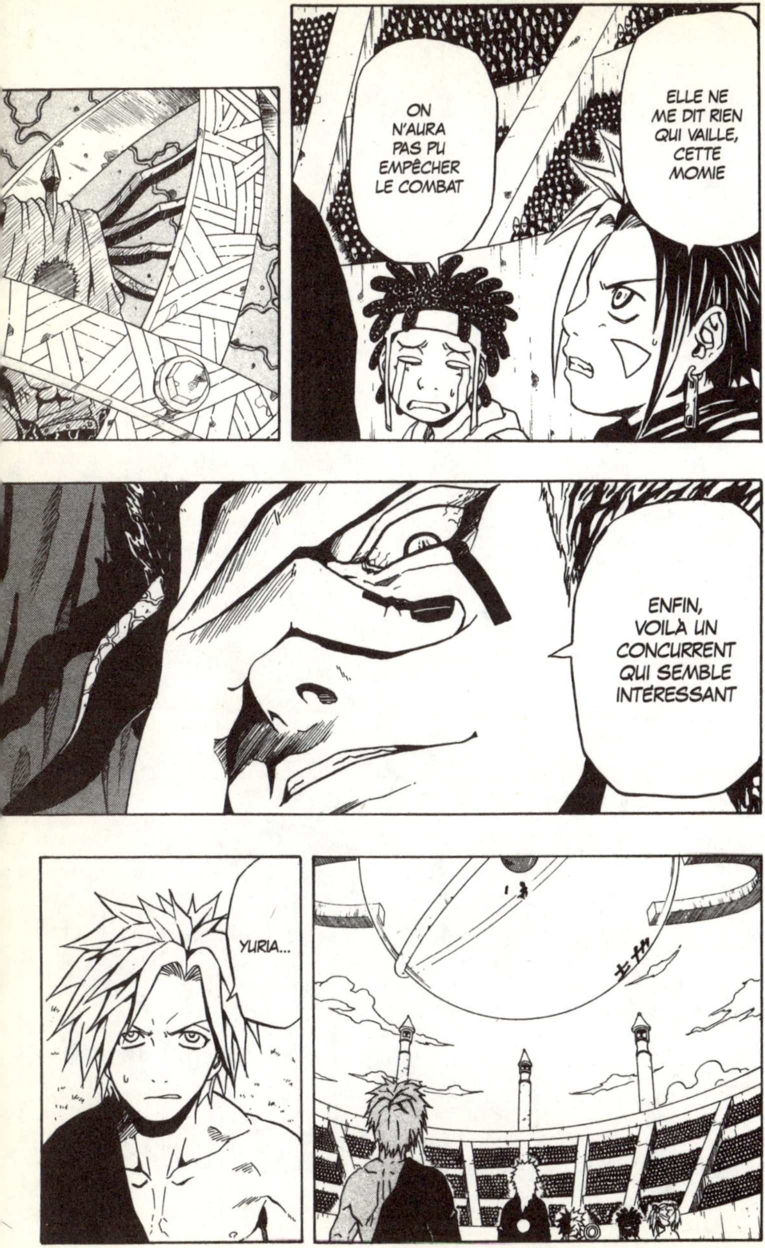
ELLE NE ME DIT RIEN QUI VAILLE, CETTE MOMIE
ON N'AURA PAS PU EMPÊCHER LE COMBAT
ENFIN, VOILÀ UN CONCURRENT QUI SEMBLE INTÉRESSANT
YURIA...

SERR
GRRRRR
ÇA FAISAIT LONGTEMPS QUE JE N'AVAIS PAS TUÉ DE FEMME
BRRRR
JE SENS QUE ÇA VA ÊTRE UN RAVISSEMENT...
D'ENTENDRE LE BRUIT DE TES OS, LORSQU'ILS VONT ÊTRE BROYÉS
BRRRR
SCHLURP
SCHLURP
...
ALLONS-Y, BIRAIYA, DÉPÊCHONS-NOUS !
C'EST L'HEURE DU REPAS !
ZZZTTTTT
ZZZTTTT

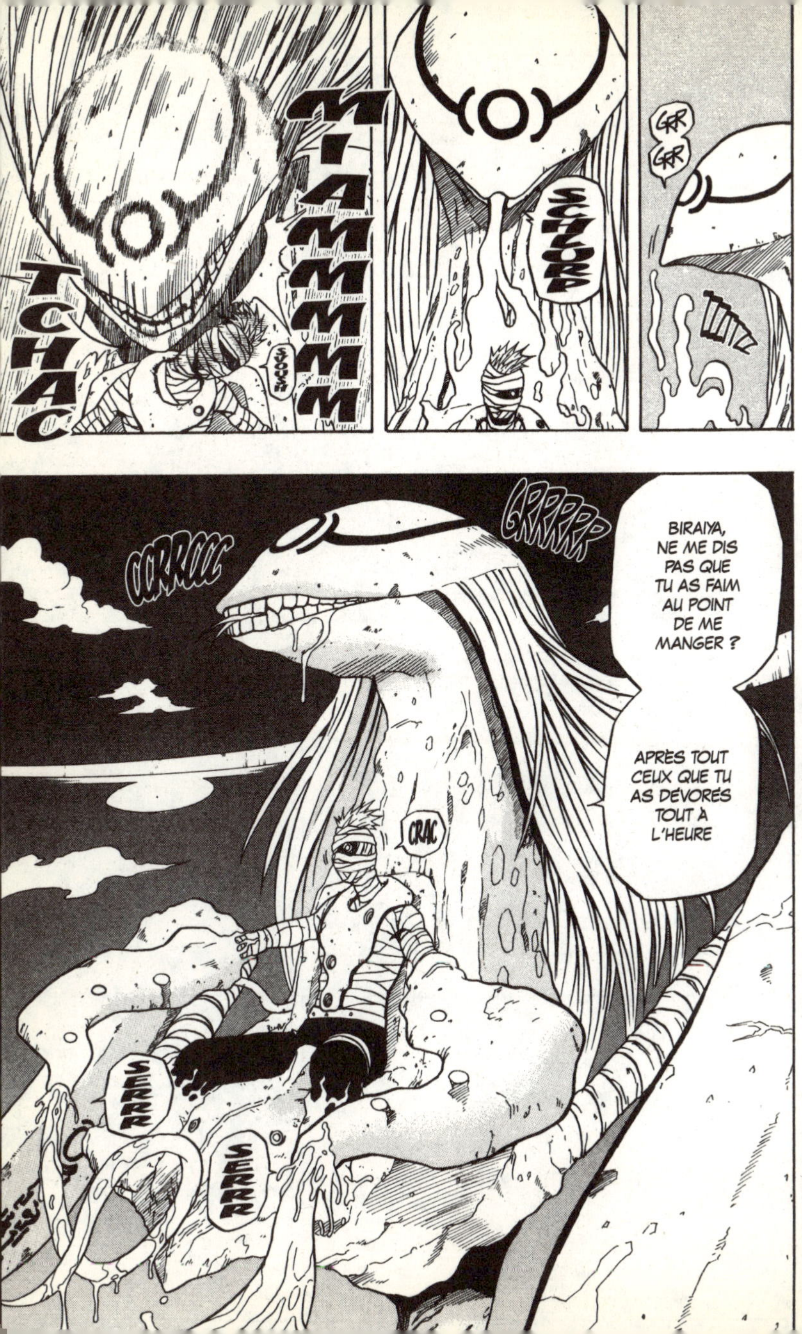

GRR
GRR
SCHLURP
MIAMMMMMM
TCHAC
GRRRRR
BIRAIYA, NE ME DIS PAS QUE TU AS FAIM AU POINT DE ME MANGER ?
APRÈS TOUT CEUX QUE TU AS DÉVORÉS TOUT À L'HEURE
CRAC
SERRR
SERRR

UN O-PARTS VIVANT...
...
REGARDEZ, SON O-PARTS EST VIVANT !
C'EST LA PREMIÈRE FOIS QUE JE VOIS CELA
CE TYPE...
OUI...
IL EST DE LA MÊME FAMILLE QUE CE MONSTRE...
QU'IL Y AVAIT DANS LA CITÉ D'ENTOTSU
LA PLUPART DES O-PARTS SONT SOUVENT DES ARMES OU BIEN...
DES OBJETS QUE L'ON UTILISE DANS LA VIE DE TOUS LES JOURS, MAIS...
IL Y A AUSSI DES O-PARTS VIVANTS
ILS SONT RESTÉS TELS QUELS DURANT DES SIÈCLES
NE POUVANT ÊTRE FAÇONNÉS, ILS FURENT SÛREMENT UTILISÉS POUR DES TÂCHES PARTICULIÈRES

LES O-PARTS PEUVENT ÊTRE UTILISÉS LORSQU'ILS SONT ACTIVÉS PAR LE SPIRIT DES O.P.T., MAIS...
DANS CERTAINS CAS, ILS SONT AUSSI CAPABLES DE POUVOIR PENSER PAR EUX-MÊMES ET D'AGIR EN CONSÉQUENCE
C'EST LA RAISON POUR LAQUELLE PEU D'O.P.T. SONT CAPABLES DE LES UTILISER
JE PENSE QUE CET O-PARTS EST DE CLASSE B, OU INFÉRIEURE
SCHLURPP
J'AI DU MAL À IMAGINER QUE NOS ANCÊTRES
AVAIENT CE GENRE D'ANIMAL DE COMPAGNIE
OUAIS, ILS AVAIENT DES GOÛTS CHELOUS...
TAP
ON DIRAIT UNE ARME VIVANTE
OUAA-HHH !
DÉSOLÉ POUR T'T'À L'HEURE, P'TIT GARS, C'ÉTAIT POUR YURIA
DIS...
TU SEMBLES PAS MAL T'Y CONNAÎTRE EN O-PARTS...
PAS VRAIMENT...
JUSTE CE GENRE PARTICULIER D'O-PARTS

SCHLURP
SCHLURP
REGARDEZ, LA BAVE DE CETTE CRÉATURE ATTAQUE LE REVÊTEMENT DU RING !!
PLOC
PSCHH
PLIC
SVOUSH
JE VAIS D'ABORD TE BRISER LES JAMBES !
LE VOILÀ !

SCHLLURP
SCH
URRP
SVOUSH
SVO
USHH
SVOUSH
TAP
SVOUSHH
GRAOO

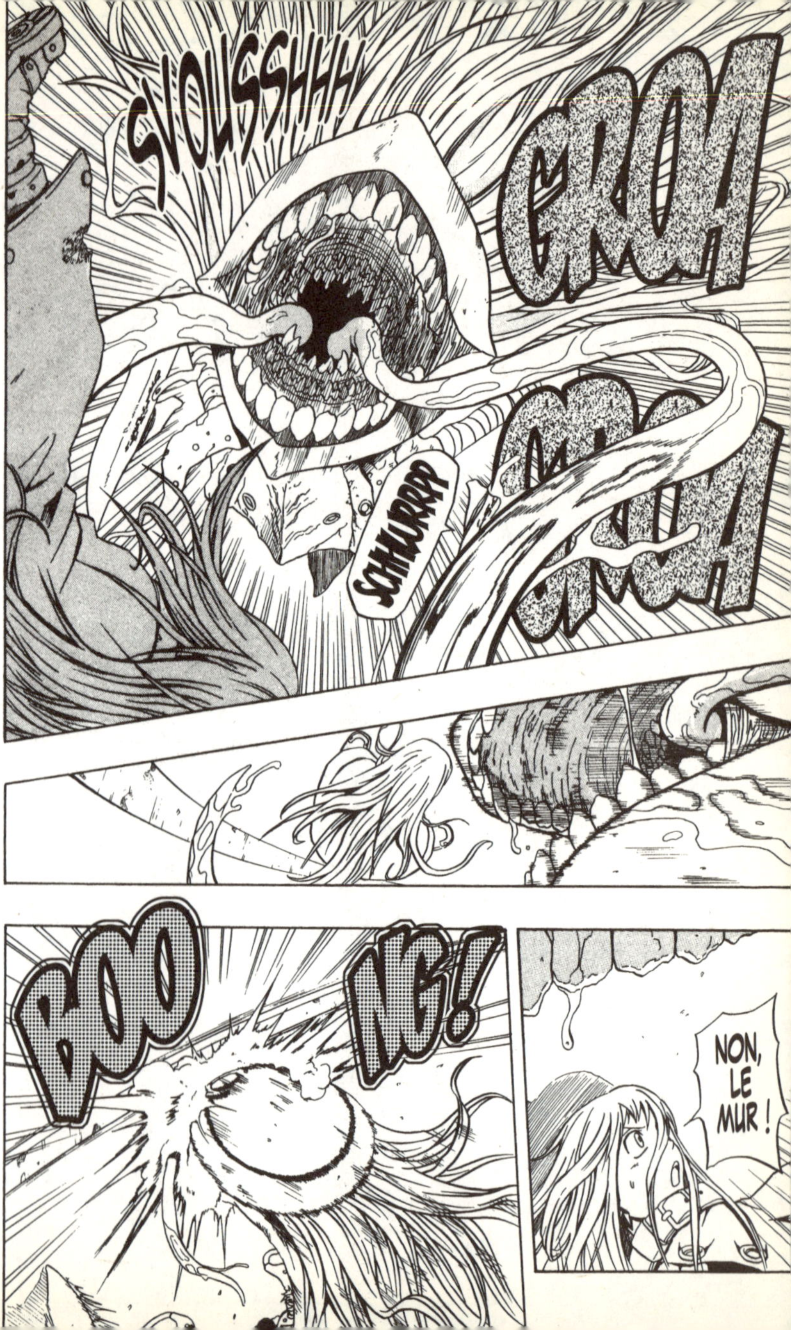
CROA
CROA
SVOUSSHHH
SCHWURRPP
NON, LE MUR !
BOONG !

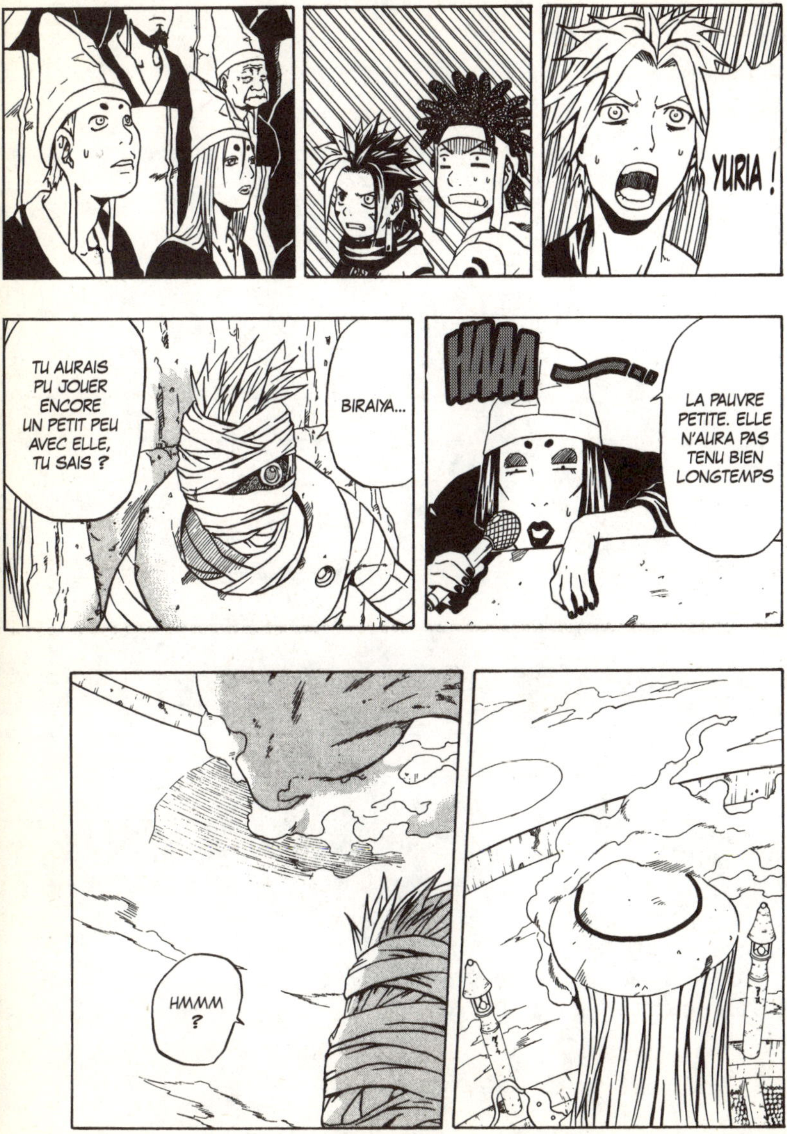
YURIA !
HAAA~..
LA PAUVRE PETITE. ELLE N'AURA PAS TENU BIEN LONGTEMPS
BIRAIYA...
TU AURAIS PU JOUER ENCORE UN PETIT PEU AVEC ELLE, TU SAIS ?
HMMM ?

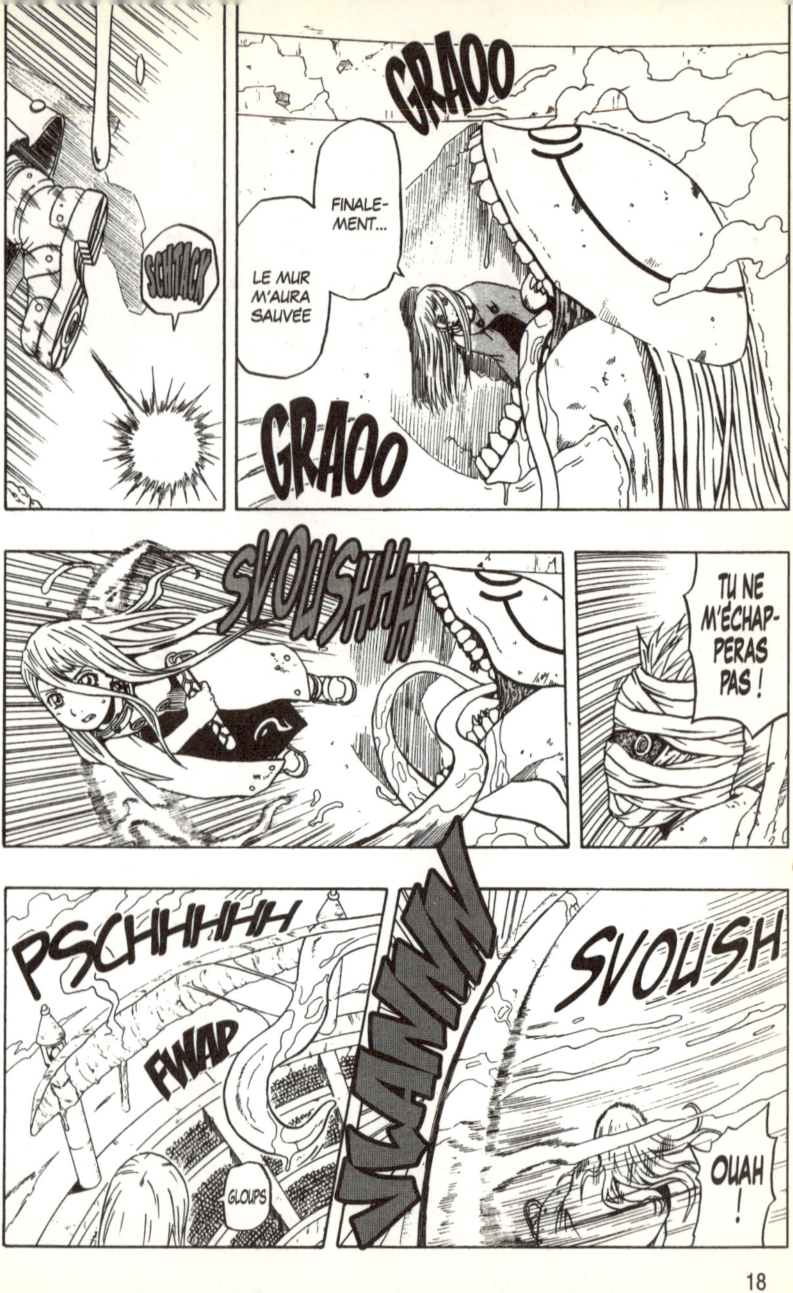
GRAOO
FINALEMENT...
LE MUR M'AURA SAUVÉE
GRAOO
SCHTACK
TU NE M'ÉCHAPPERAS PAS !
SVOUSHHH
SVOUSH
OUAH !
VWANNN
PSCHHHHH
FWAP
GLOUPS

CET ACIDE EST SURPUIS-SANT
POURQUOI N'UTILISE-T-ELLE PAS SON O-PARTS ?
OH !
AHA
AHA
DURANT LES QUALIFICATIONS, ELLE N'A JAMAIS UTILISÉ SON SPIRIT ET ELLE A TOUJOURS ÉTÉ PROTÉGÉE PAR KYTE... POURQUOI ?
YURIA EST UNE O.P.T., MAIS...
ELLE NE PEUT PAS UTILISER...
SON SPIRIT...
ELLE NE LE DOIT PAS !
PARCE QUE SON O-PARTS, C'EST...

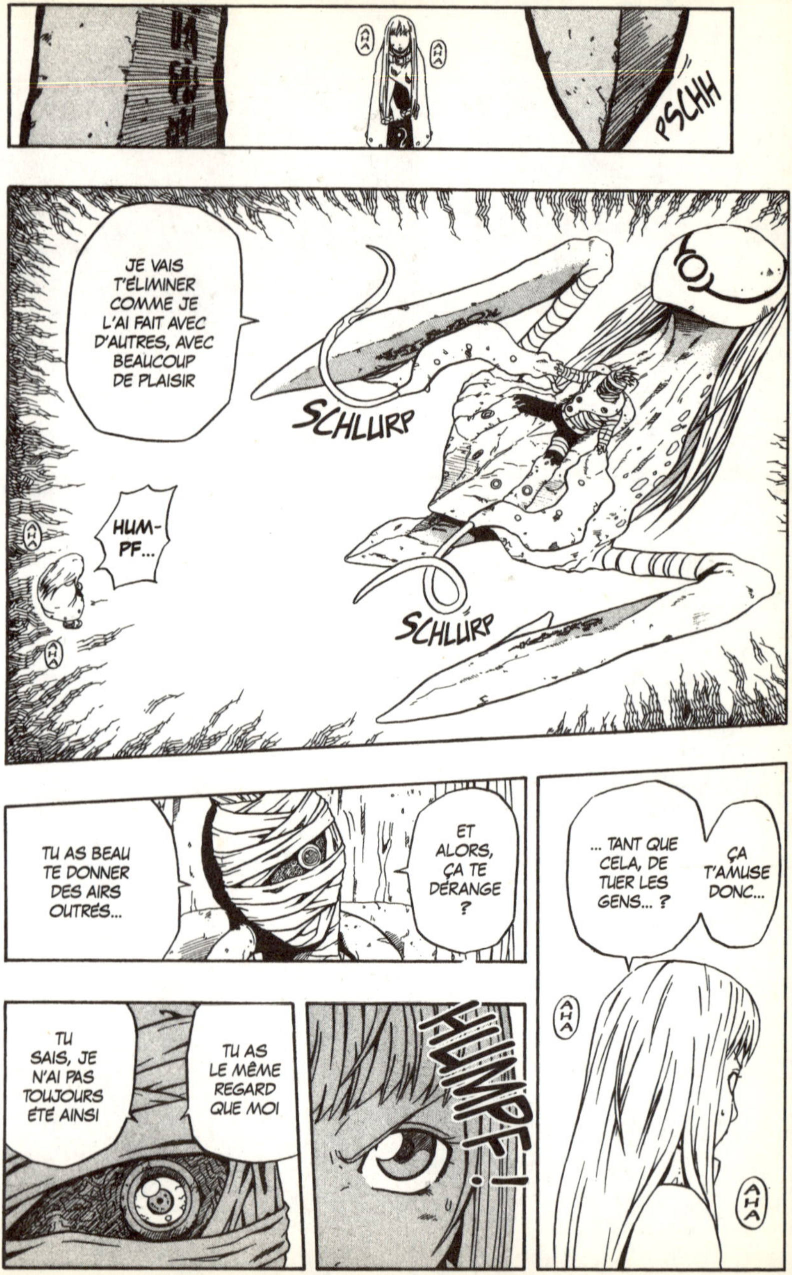
AHA
AHA
PSCHH
JE VAIS T'ÉLIMINER COMME JE L'AI FAIT AVEC D'AUTRES, AVEC BEAUCOUP DE PLAISIR
SCHLURP
HUM-PF...
SCHLURP
AHA
AHA
ÇA T'AMUSE DONC...
... TANT QUE CELA, DE TUER LES GENS... ?
ET ALORS, ÇA TE DÉRANGE ?
TU AS BEAU TE DONNER DES AIRS OUTRÉS...
AHA
AHA
HUMPF !
TU AS LE MÊME REGARD QUE MOI
TU SAIS, JE N'AI PAS TOUJOURS ÉTÉ AINSI

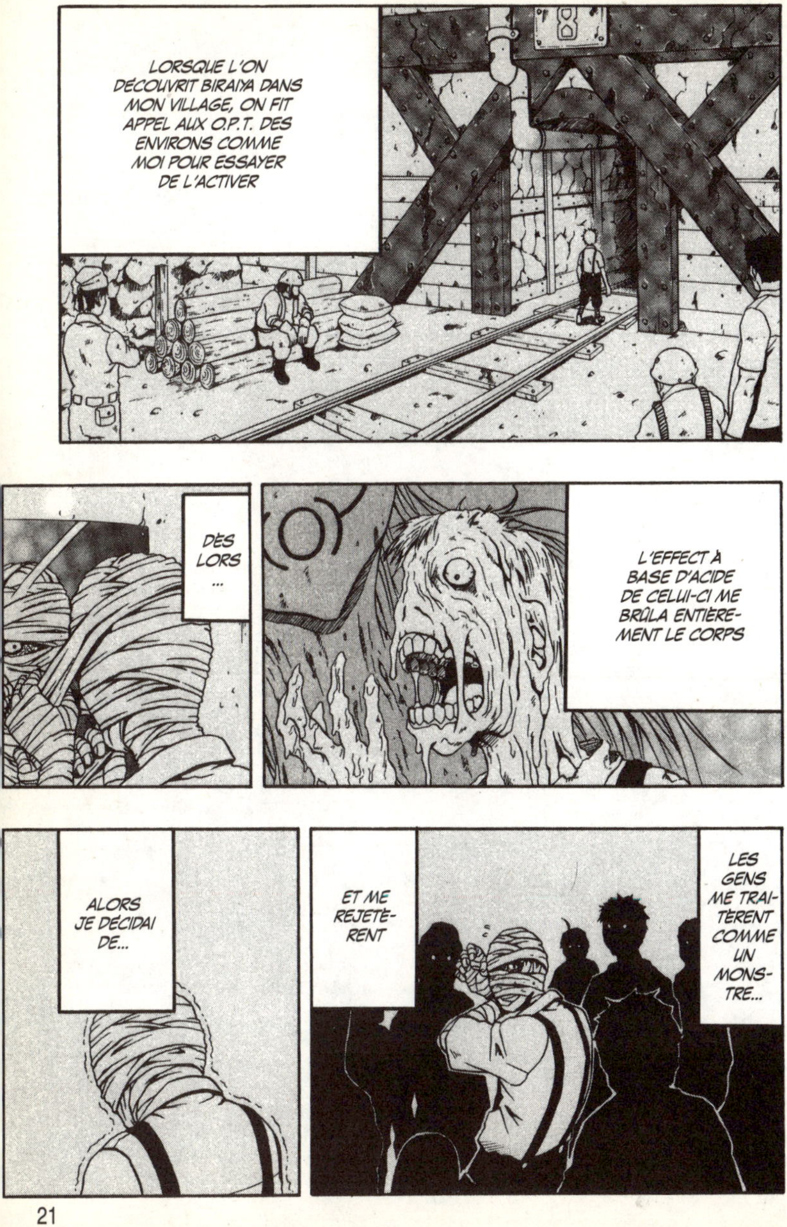
LORSQUE L'ON DÉCOUVRIT BIRAIYA DANS MON VILLAGE, ON FIT APPEL AUX O.P.T. DES ENVIRONS COMME MOI POUR ESSAYER DE L'ACTIVER
L'EFFECT À BASE D'ACIDE DE CELUI-CI ME BRÛLA ENTIÈRE-MENT LE CORPS
DÈS LORS ...
LES GENS ME TRAI-TÈRENT COMME UN MONS-TRE...
ET ME REJETÈ-RENT
ALORS JE DÉCIDAI DE...

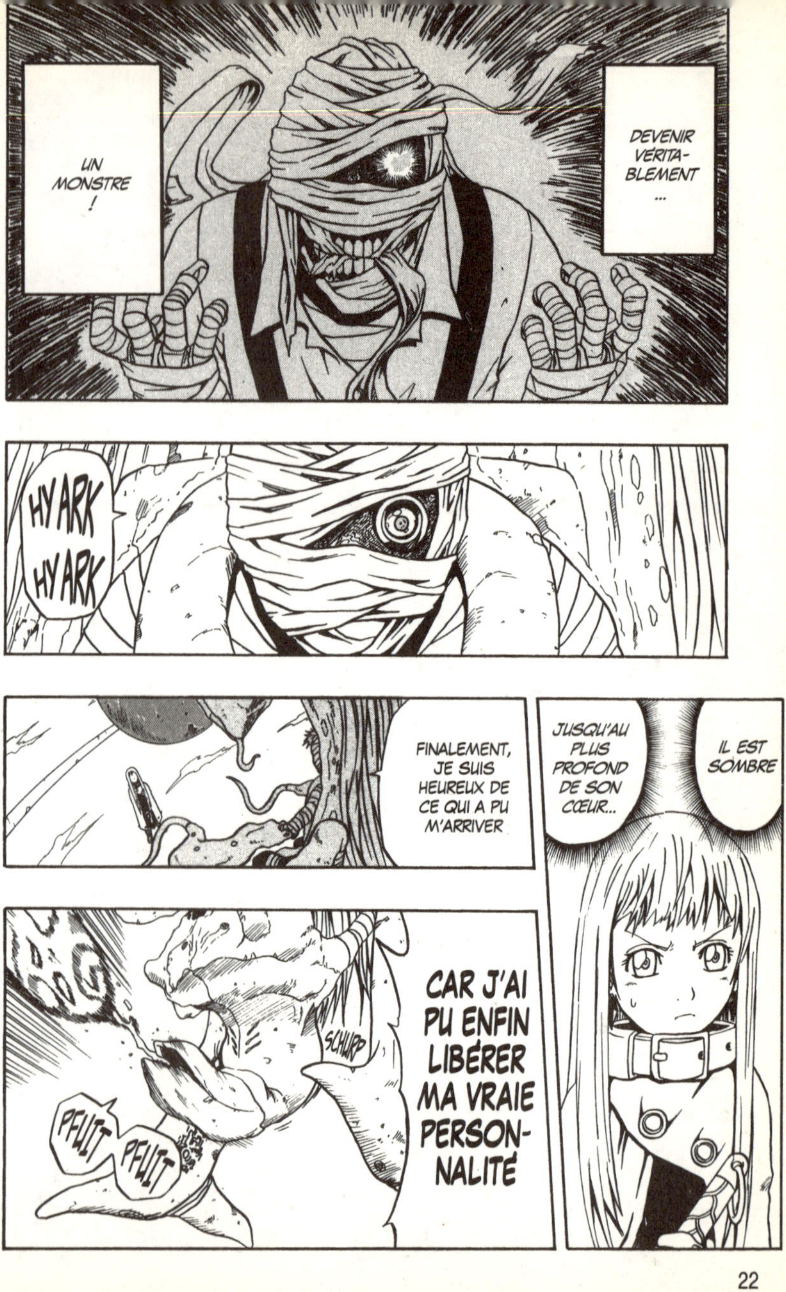
DEVENIR VÉRITA-BLEMENT ...
UN MONSTRE !
HYARK HYARK
IL EST SOMBRE
JUSQU'AU PLUS PROFOND DE SON CŒUR...
FINALEMENT, JE SUIS HEUREUX DE CE QUI A PU M'ARRIVER
CAR J'AI PU ENFIN LIBÉRER MA VRAIE PERSON-NALITÉ
SCHURP
PFUIT
PFUIT

SPLOTCH
PLOC
PLIC
SPLATCH
PLOC
SPLATCH
PAPAPANG
AAHHH!
PSCHHHH
TAP
SWOUSH
PSCHHHH
ARGHH
PSCHH

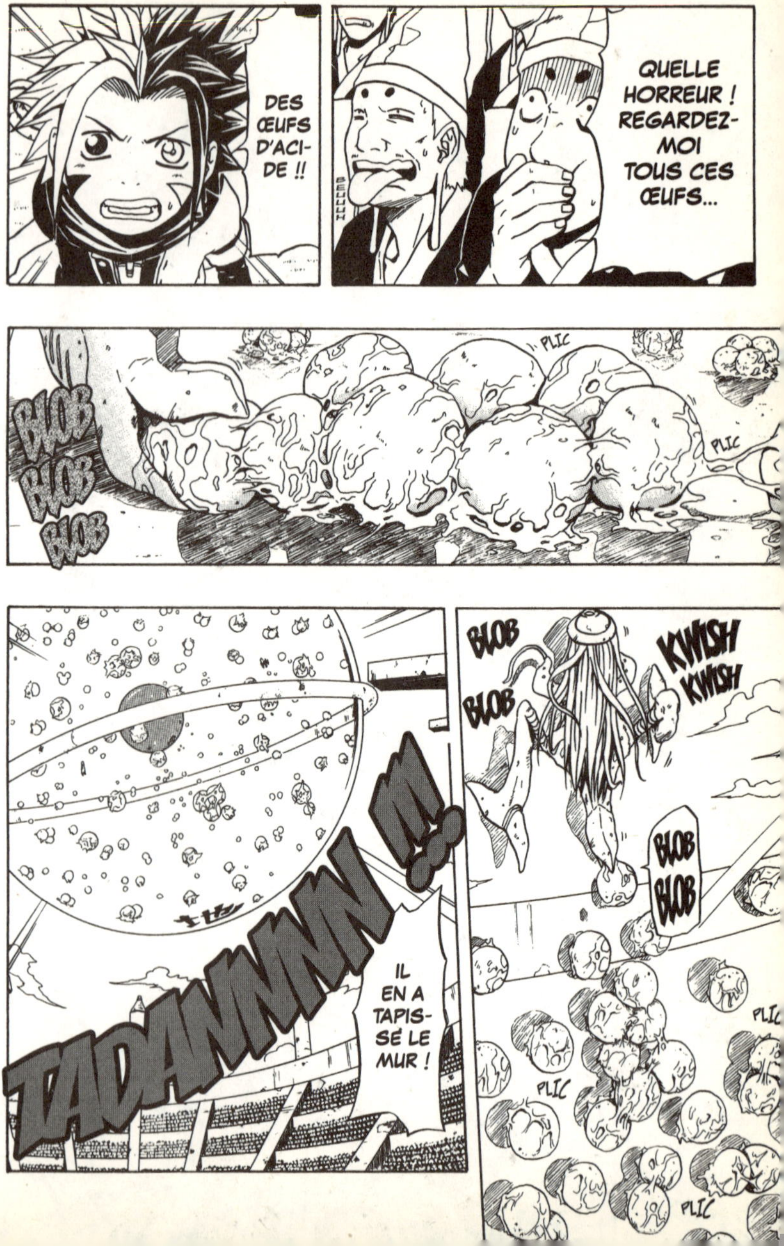
QUELLE HORREUR ! REGARDEZ-MOI TOUS CES ŒUFS...
BEUUUH
DES ŒUFS D'ACIDE !!
PLIC
PLIC
BLOB BLOB BLOB
BLOB
BLOB
KWISH KWISH
BLOB BLOB
PLIC
PLIC
PLIC
TADAMMMM !!
IL EN A TAPISSÉ LE MUR !

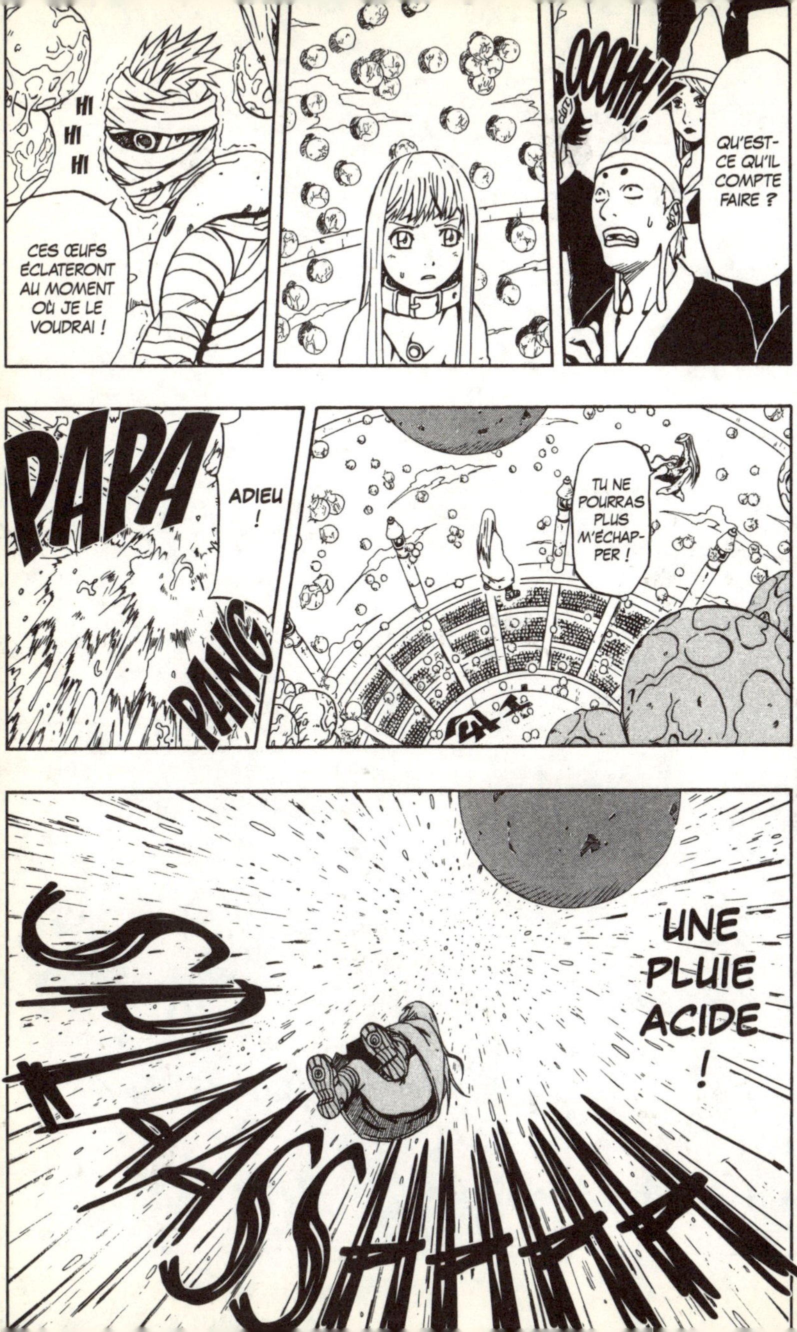
HI
HI
HI
CES ŒUFS ÉCLATERONT AU MOMENT OÙ JE LE VOUDRAI !
BOOOHH
QU'EST-CE QU'IL COMPTE FAIRE ?
PAPA
ADIEU !
PANG
TU NE POURRAS PLUS M'ÉCHAPPER !
UNE PLUIE ACIDE !

VITE, SOUS LA BOULE GRAVIFIQUE !
SVOUSH
SPLASSHH
OUF !
PSCHHHHHH
PLIC
PLOC
PLIC
PLIC
PLIC
PLIC
IL Y EN A AUSSI EN DESSOUS !!!
JE N'AI AUCUN ENDROIT OÙ M'ABRITER !

YURIA, IL N'EST PLUS TEMPS DE PENSER AUX AUTRES ! LIBÈRE TON SPIRIT !
IL FAUT UTILISER TON O-PARTS !
SPLASHHHHHHH
OH !
PSCHHHHHH

JE N'AI PAS PU ÉVITER SON ATTAQUE...
QUE T'ARRIVE-T-IL, YURIA ?! CESSE DE PENSER À NOUS ET LIBÈRE TON SPIRIT POUR ACTIVER TON O-PARTS ! SI TU MEURS, TOUT ÇA N'AURA SERVI À RIEN !
OH LA PAUVRE... REGARDEZ-MOI SON ÉPAULE...
C'EST QUOI LE PROBLÈME AVEC SON O-PARTS... ?
BRR BRR
MAIS...

HYARK
HYARK
SPLATCH
PFUIT
SPLATCH
OH !?
PLOC
ZUT, IL FAUT QUE JE M'ÉCARTE !
BLOBLOB
SWOUSH
SPLASHHH
PANG
OHH !

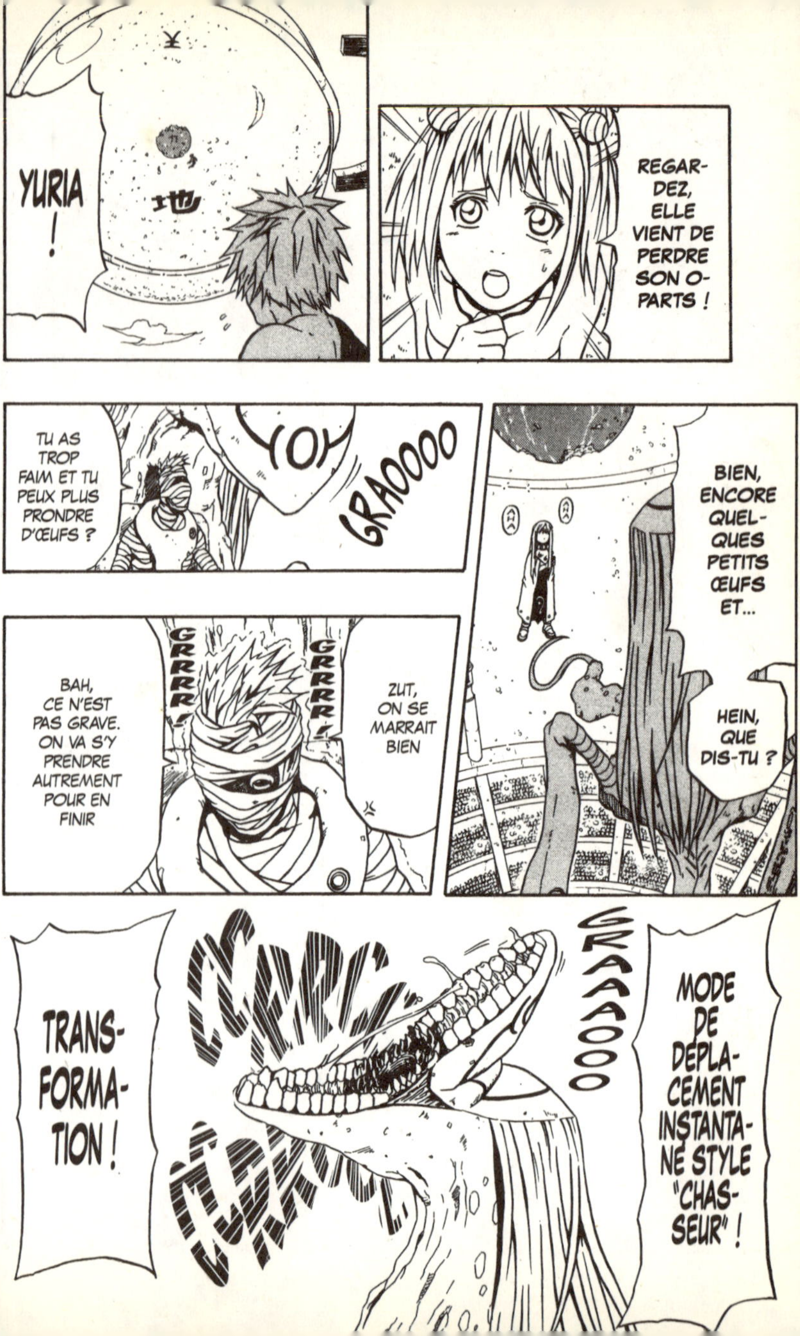
REGARDEZ, ELLE VIENT DE PERDRE SON O-PARTS !
YURIA !
BIEN, ENCORE QUELQUES PETITS ŒUFS ET...
HEIN, QUE DIS-TU ?
TU AS TROP FAIM ET TU PEUX PLUS PRONDRE D'ŒUFS ?
GRAOOOO
ZUT, ON SE MARRAIT BIEN
GRRRR !
GRRRR !
BAH, CE N'EST PAS GRAVE. ON VA S'Y PRENDRE AUTREMENT POUR EN FINIR
MODE DE DEPLACEMENT INSTANTANÉ STYLE "CHASSEUR" !
GRAAAOOO
TRANSFORMATION !

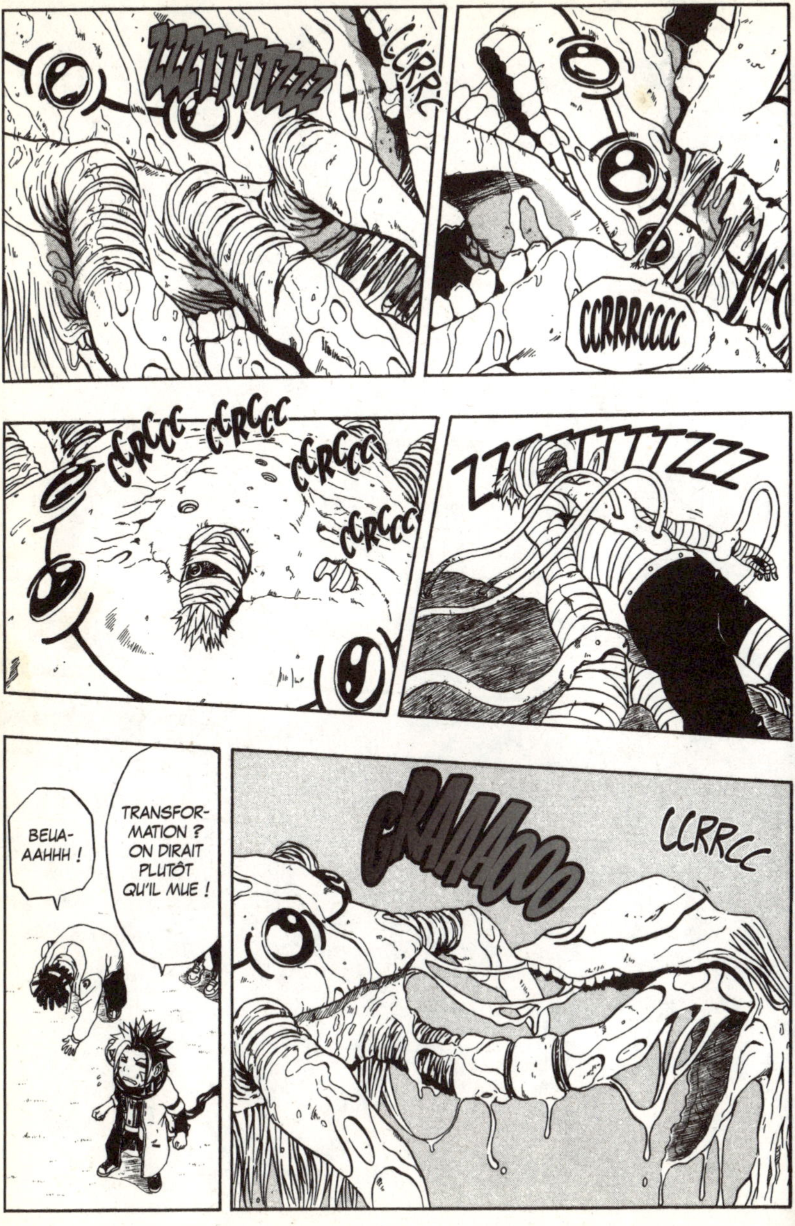
ZZZTTTTZZZ
CCRRC
CCRRRCCCC
CCRCCC
CCRCCC
CCRCCC
CCRCCC
ZZTTTTTTTZZZZ
BEUA-AAHHH !
TRANSFOR-MATION ? ON DIRAIT PLUTÔT QU'IL MUE !
CRAAAOOO
CCRRCC

TU NE PEUX PLUS RIEN FAIRE À PART MOURIR !
AHA
AHA
QUE PEUT-ELLE FAIRE ? ELLE N'A PLUS SON O-PARTS !
CETTE FOIS, C'EST DU SÉRIEUX ! CETTRE TRANSFORMATION EST INCROYABLE

YURIA !
BIRAIYA, TU AS FAIM, M'AS-TU DIT... ?
GRAAAOOOO
SCHLURP
RÉGA-LE-TOI AVEC CETTE FILLE !
SPLASSH
ENCO-RE LA MÊME ATTA-QUE !
SVOUSH
HYARK HYARK
SVOUSH

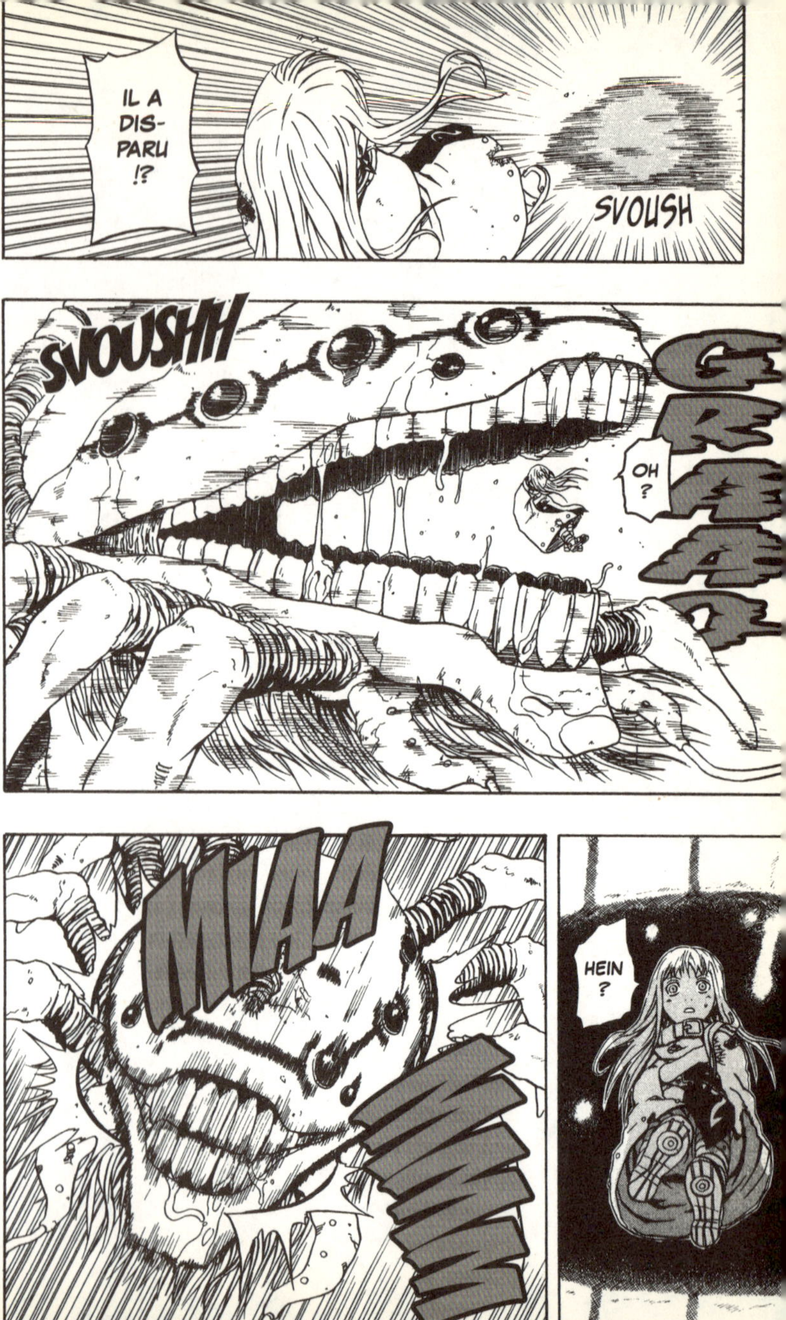
IL A DIS-PARU !?
SVOUSH
SVOUSHH
GRAAO
OH ?
MIAA
HEIN ?

IL RESSEMBLE UN PEU AU MESSIAH, QUE PILOTAIENT LES FRÈRES ABILANS*, POUR SÛR !
GRAOOO
BEUAA-AHHH
SON CORPS N'EST QU'UNE GRANDE BOUCHE, MA PAROLE ?!
LA PAUVRE PETITE YURIA...
* VOIR TOME 2
PSCHH
LA BOUCHE DE BIRAIYA EST REMPLIE D'ACIDE...
LA PAUVRE PETITE A DÛ AVOIR FONDU, À L'HEURE QU'IL EST
PSCHHHHHH
YURIA...

QUARTIER GÉNÉRAL DU GOUVERNEMENT DE STEA
GRAT
GRAT
RRROOO
BLOB
BLOB
JE TE REMERCIE D'AVOIR FAIT LE DÉPLACEMENT EN PERSONNE ...
JUSQU'ICI...
MISHIMA
JE VOUS EN PRIE
VOUS M'AVEZ L'AIR EN FORME, GRANDE PRÊTRESSE

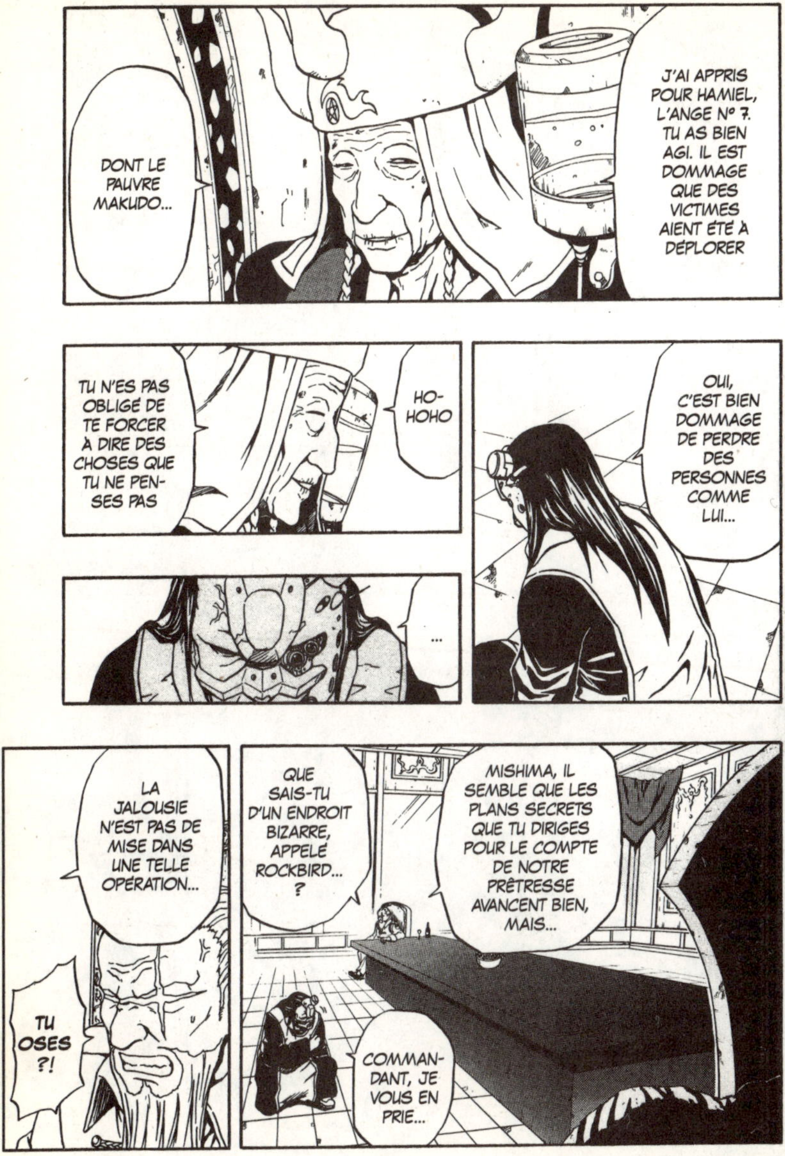
J'AI APPRIS POUR HAMIEL, L'ANGE N° 7. TU AS BIEN AGI. IL EST DOMMAGE QUE DES VICTIMES AIENT ÉTÉ À DÉPLORER
DONT LE PAUVRE MAKUDO...
OUI, C'EST BIEN DOMMAGE DE PERDRE DES PERSONNES COMME LUI...
HO-HOHO
TU N'ES PAS OBLIGÉ DE TE FORCER À DIRE DES CHOSES QUE TU NE PENSES PAS
...
MISHIMA, IL SEMBLE QUE LES PLANS SECRETS QUE TU DIRIGES POUR LE COMPTE DE NOTRE PRÊTRESSE AVANCENT BIEN, MAIS...
QUE SAIS-TU D'UN ENDROIT BIZARRE, APPELÉ ROCKBIRD... ?
COMMANDANT, JE VOUS EN PRIE...
LA JALOUSIE N'EST PAS DE MISE DANS UNE TELLE OPÉRATION...
TU OSES ?!

BRRRR
CESSEZ VOS ENFANTILLAGES, TOUS LES DEUX !
VOUS N'ALLEZ TOUT DE MÊME PAS VOUS METTRE EN COLÈRE DEVANT UNE VIEILLE DAME, COMME MOI, N'EST-CE PAS ?
IL EST IMPORTANT DE TROUVER LES ANGES RÉCIPIENDAIRES POUR LA CABALE, MAIS...
NOUS SAVONS AUSSI QUE LA CABALE INVERSÉE EXISTE, ET QUE POUR CELA
IL VA NOUS FALLOIR DEVANCER ZENOM ET LES FRAPPER, OÙ QU'ILS SE TROUVENT !

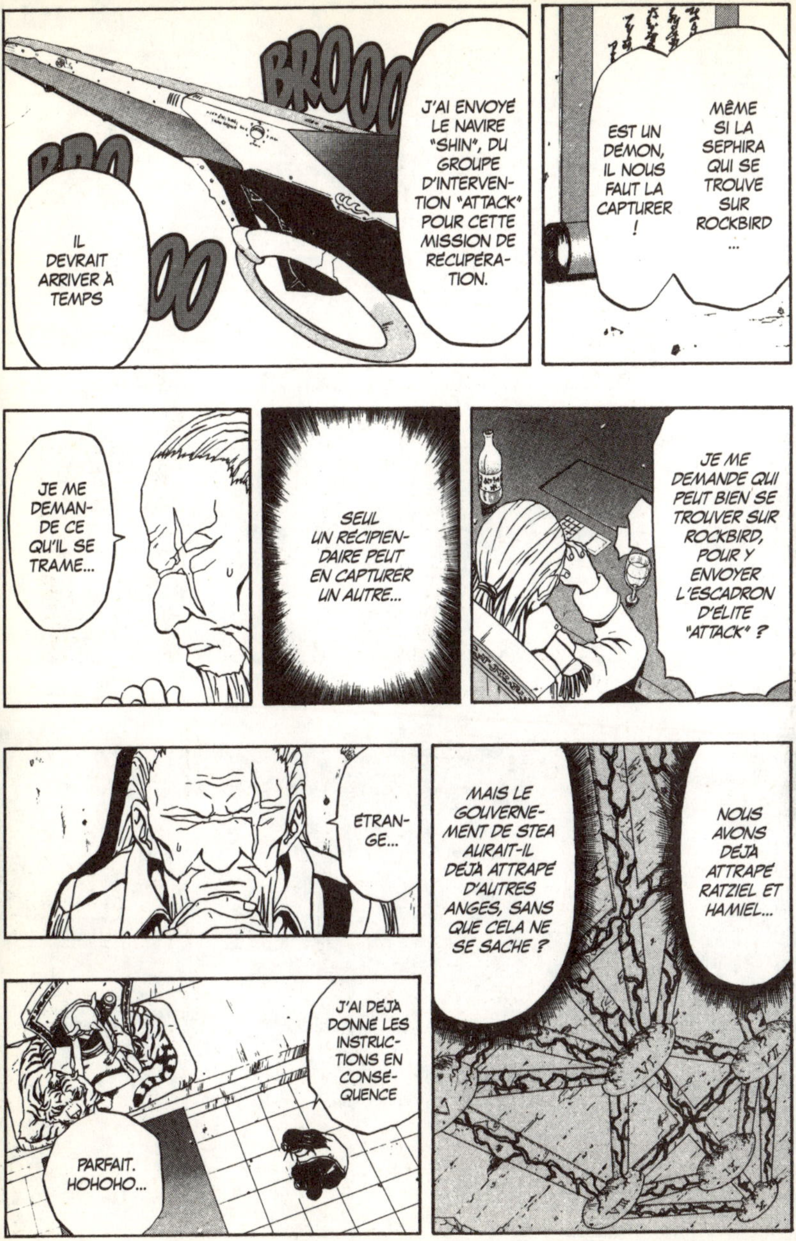
MÊME SI LA SEPHIRA QUI SE TROUVE SUR ROCKBIRD ...
EST UN DÉMON, IL NOUS FAUT LA CAPTURER !
BROOO
J'AI ENVOYÉ LE NAVIRE "SHIN", DU GROUPE D'INTERVEN-TION "ATTACK" POUR CETTE MISSION DE RÉCUPÉRA-TION.
IL DEVRAIT ARRIVER À TEMPS
JE ME DEMANDE QUI PEUT BIEN SE TROUVER SUR ROCKBIRD, POUR Y ENVOYER L'ESCADRON D'ÉLITE "ATTACK" ?
SEUL UN RÉCIPIEN-DAIRE PEUT EN CAPTURER UN AUTRE...
JE ME DEMAN-DE CE QU'IL SE TRAME...
NOUS AVONS DÉJÀ ATTRAPÉ RATZIEL ET HAMIEL...
MAIS LE GOUVERNE-MENT DE STEA AURAIT-IL DÉJÀ ATTRAPÉ D'AUTRES ANGES, SANS QUE CELA NE SE SACHE ?
ÉTRAN-GE...
J'AI DÉJÀ DONNÉ LES INSTRUC-TIONS EN CONSÉ-QUENCE
PARFAIT. HOHOHO...

LORSQUE LA CABALE ET SON PENDANT INVERSÉ SERONT RÉUNIS ALORS...
ILS NE FERONT PLUS QU'UN !
C'EST POUR CELA QUE NOUS DEVONS AUSSI ...
CAPTURER LES DÉMONS
SPLOTCH
TU ES RÉVEILLÉ ?
SPLACH

TU VAS TE RENDRE SUR ROCKBIRD
ET TU Y CAPTURERAS LE RÉCIPIENDAIRE QUI S'Y TROUVE
OUI !
SI CE RÉCIPIENDAIRE EST UN DÉMON
ALORS ÉLIMINE-LE SANS DÉLAI !

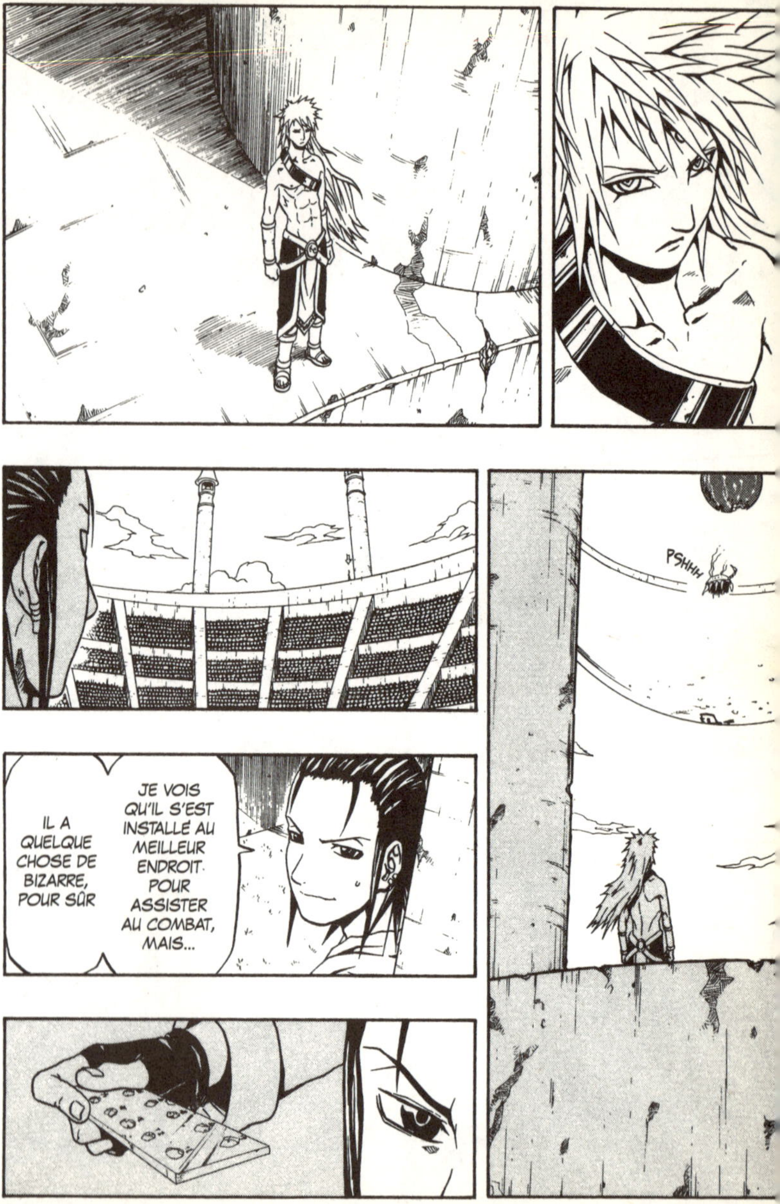
PSHHH
JE VOIS QU'IL S'EST INSTALLÉ AU MEILLEUR ENDROIT POUR ASSISTER AU COMBAT, MAIS...
IL A QUELQUE CHOSE DE BIZARRE, POUR SÛR

QU'EST-CE QUE C'EST ?
CETTE PLAQUE IDENTIFIE TOUS LES DÉMONS RÉCIPIENDAIRES DE LA CABALE INVERSÉE
UNE SORTE DE DÉTECTEUR DE DÉMONS, POUR SIMPLIFIER
SI TU APPROCHES UN DÉMON, TU POURRAS
ALORS L'IDENTIFIER GRACE À CELA
POUR LE MOMENT...
IL N'Y A ENCORE EU AUCUNE RÉACTION

PSCHHHHHH
OH !
NOOON, LA PAUVRE PETITE YURIAAAA !
LA PAUVRE, ELLE DOIT ÊTRE EN TRAIN DE FONDRE DANS LA BOUCHE DE CE MONSTRE !
REGARDE, IL Y A UNE SORTE DE VAPEUR BLANCHE...
HMMM ?

PSCHHHHH
MAIS C'EST UN SPIRIT... ?!
HEIN ?
POURQUOI PYTHON UTILI-SERAIT EN-CORE SON SPIRIT ?
CE N'EST PAS ÇA...
C'EST LE...
...
SPIRIT DE...
YURIA !

MAIS ELLE EST PRISONNIÈRE DE LA BOUCHE DE CE MONSTRE !
ET ELLE N'A PLUS D'O-PARTS
OH !
PLAF
PANG
PSCCHHHHH
CET O-PARTS N'EST QU'UN LEURRE POUR PERMETTRE À YURIA DE PARTICIPER À CE TOURNOI !
IL ÉTAIT NÉCESSAIRE POUR POUVOIR FAIRE L'ÉCHANGE AVEC UNE JEM BALL
ELLE POSSÉDERAIT UN AUTRE O-PARTS ?

POURQUO NE L'A-T-ELLE PAS UTILISÉ, ALORS ? MAINTENANT, ELLE A ÉTÉ DÉVORÉE PAR CETTE CRÉATURE
JE T'AI DIT QU'ELLE NE POUVAIT PAS L'UTILISER... QU'ELLE NE DEVAIT PAS L'UTILISER !!! SINON, LES CONSÉQUENCES AURAIENT PU ÊTRE TERRIBLES
YURIA EST... EST...
YURIA EST QUELQU'UN QUI PENSE D'ABORD AUX AUTRES, AVANT DE PENSER À ELLE-MÊME
C'EST POUR CELA QU'ELLE N'A PAS UTILISÉ SON O-PARTS...
ET MAINTENANT...
EXPLIQUE-TOI, À LA FIN ! QU'EST-CE QUE CELA SIGNIFIE ?!
QUE VA-T-IL SE PASSER, SI ELLE UTILISE SON O-PARTS ?!
...
ON DIRAIT QUE TU AS FINI TA DIGESTION....
PSCHH

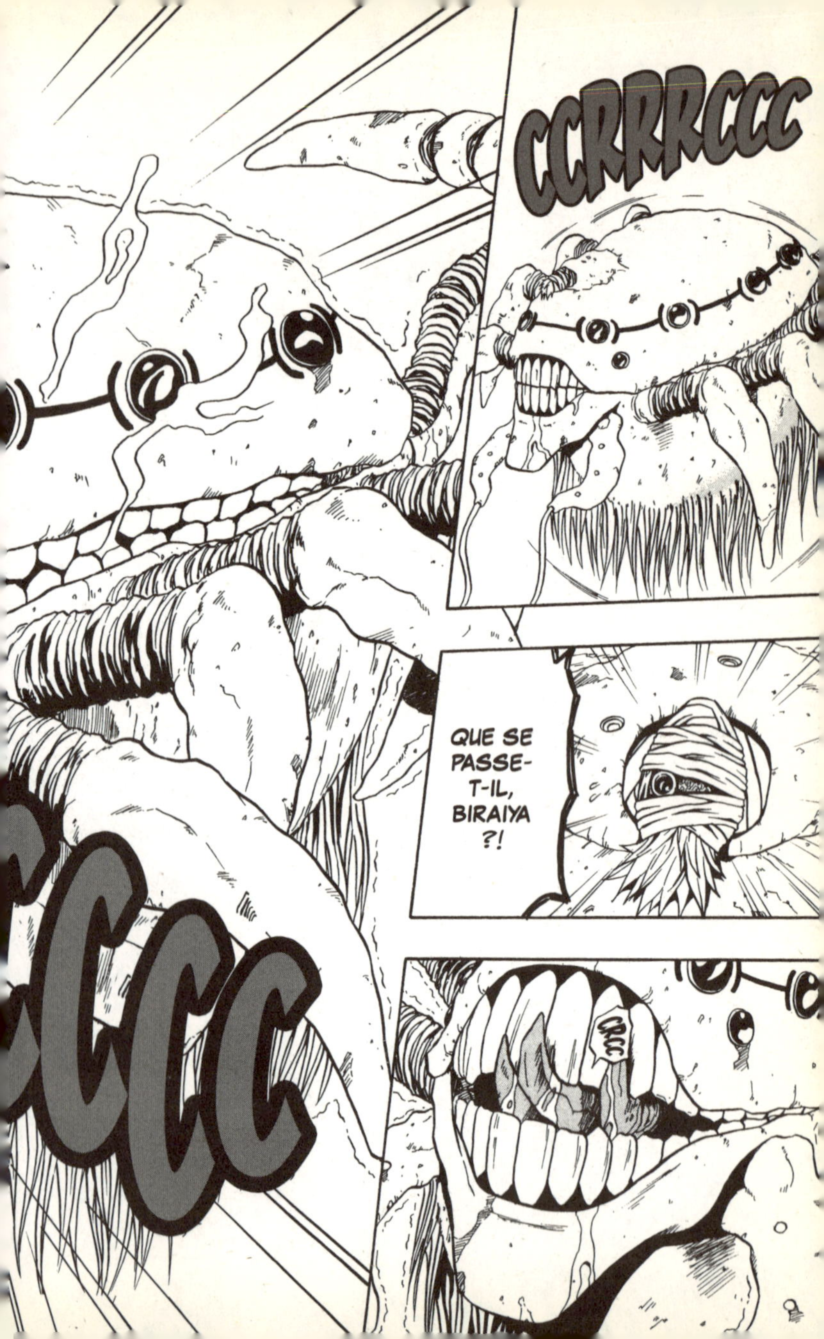
CCRRRCCC
QUE SE PASSE-T-IL, BIRAIYA ?!
CRCC
CCCC

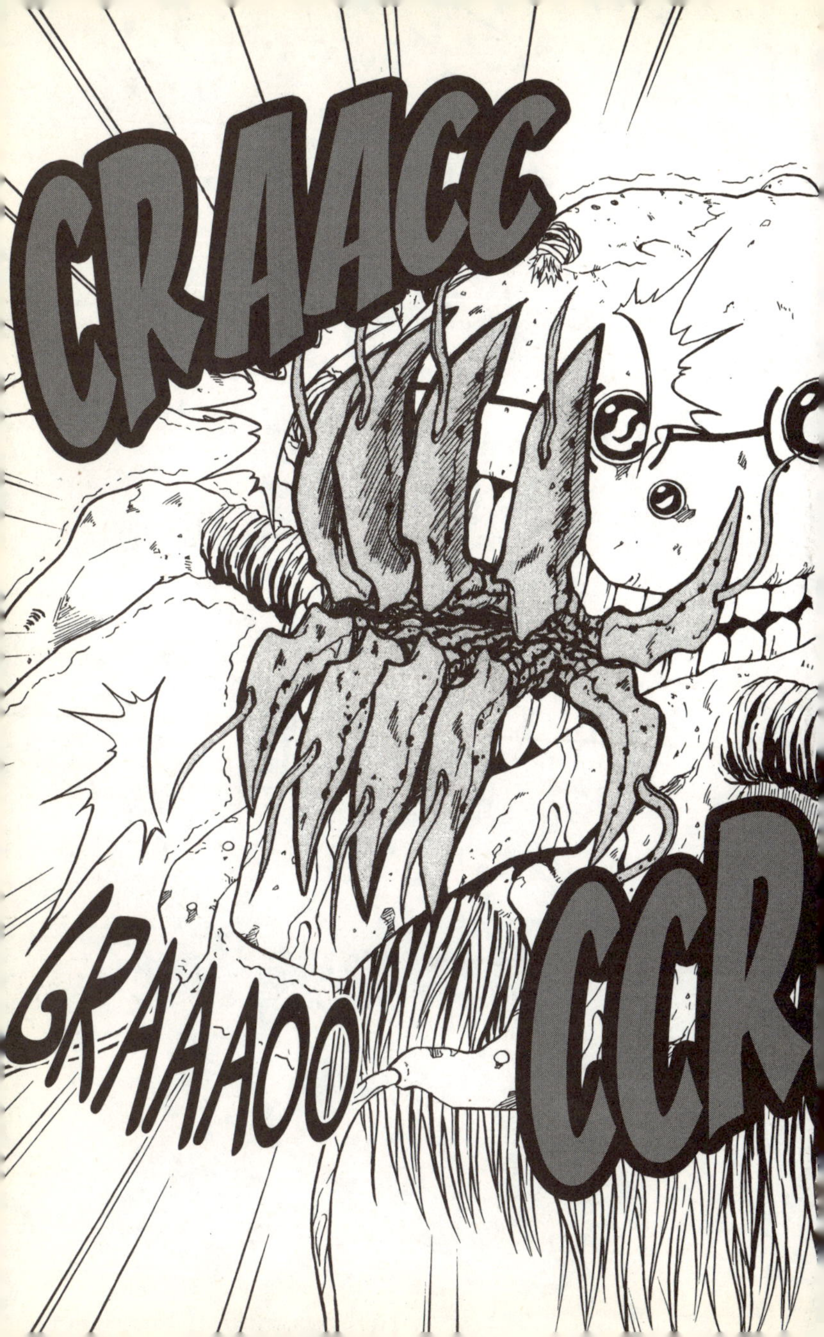
CRAACC
GRAAAOO
CCR

OOOH HHH
UPS
GLO
ÇA Y EST...
YURIA A...

CHAPITRE 38 :
UN VÉRITABLE MONSTRE 2

BOUM
BOUM
BOUM
GRAOO
QUE SE PASSE-T-IL ?
ON DIRAIT UNE MAIN GIGANTESQUE
ELLE ESSAIE DE LUI OUVRIR LA BOUCHE
JE RÉAGIS À SA PRÉSENCE...
JE L'AI ENFIN TROUVÉ !

CRR
GLOUPS
CCC
MAIS QUE SE PASSE-T-IL ?
OH !
BRRO OO OO
CCRRCC
GR
ÇA ALORS, C'EST...
BIIP

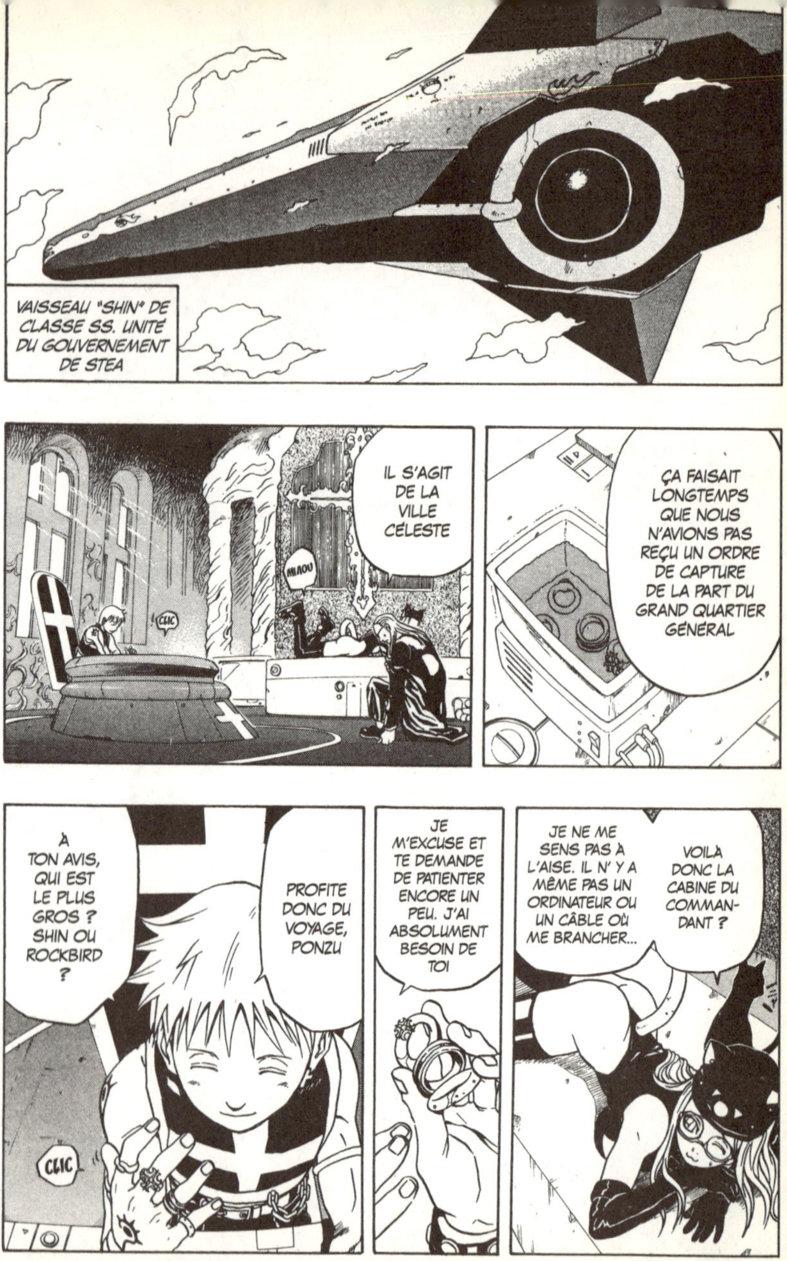
VAISSEAU "SHIN" DE CLASSE SS. UNITÉ DU GOUVERNEMENT DE STEA
ÇA FAISAIT LONGTEMPS QUE NOUS N'AVIONS PAS REÇU UN ORDRE DE CAPTURE DE LA PART DU GRAND QUARTIER GÉNÉRAL
IL S'AGIT DE LA VILLE CÉLESTE
MIAOU
CLIC
VOILÀ DONC LA CABINE DU COMMANDANT ?
JE NE ME SENS PAS À L'AISE. IL N' Y A MÊME PAS UN ORDINATEUR OU UN CÂBLE OÙ ME BRANCHER...
JE M'EXCUSE ET TE DEMANDE DE PATIENTER ENCORE UN PEU. J'AI ABSOLUMENT BESOIN DE TOI
PROFITE DONC DU VOYAGE, PONZU
À TON AVIS, QUI EST LE PLUS GROS ? SHIN OU ROCKBIRD ?
CLIC

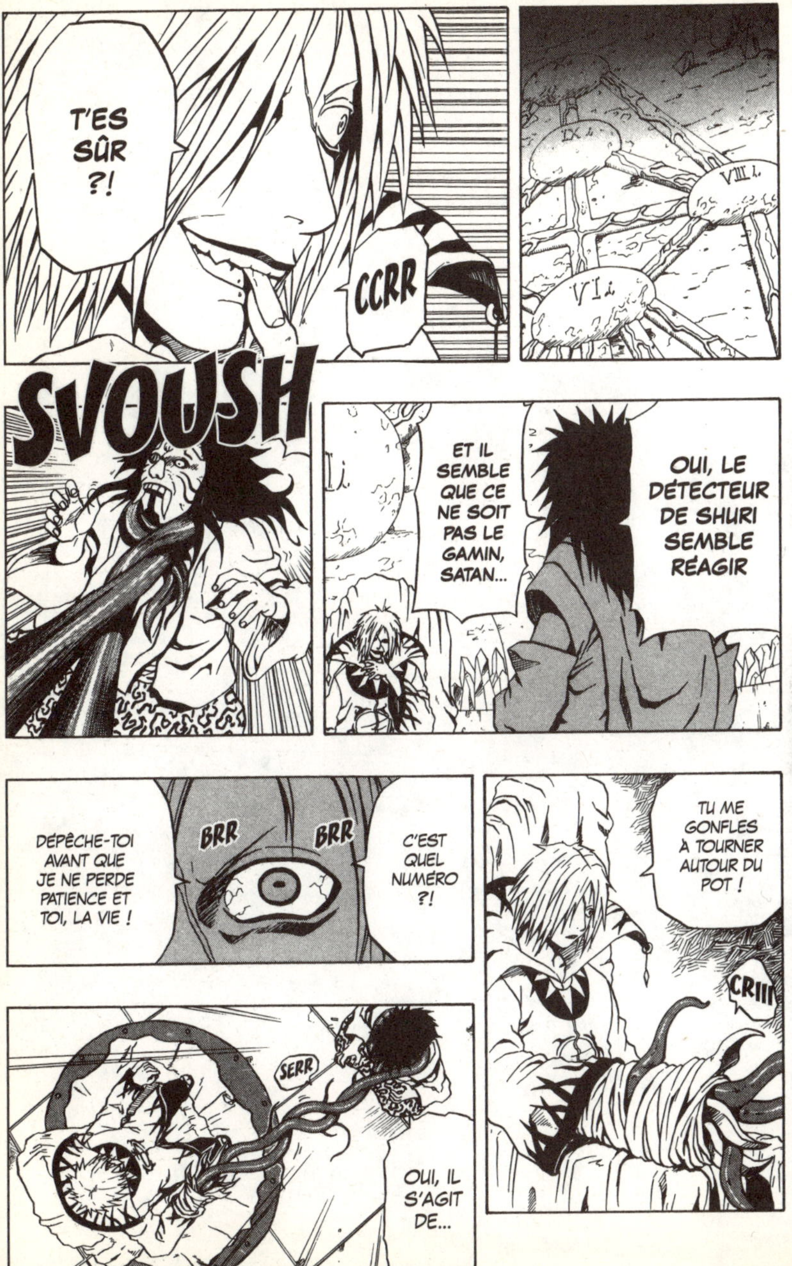

T'ES SÛR ?!
CCRR
OUI, LE DÉTECTEUR DE SHURI SEMBLE RÉAGIR
ET IL SEMBLE QUE CE NE SOIT PAS LE GAMIN, SATAN...
SVOUSH
TU ME GONFLES À TOURNER AUTOUR DU POT !
CRIII
C'EST QUEL NUMÉRO ?!
BRR
BRR
DÉPÊCHE-TOI AVANT QUE JE NE PERDE PATIENCE ET TOI, LA VIE !
SERR
OUI, IL S'AGIT DE...

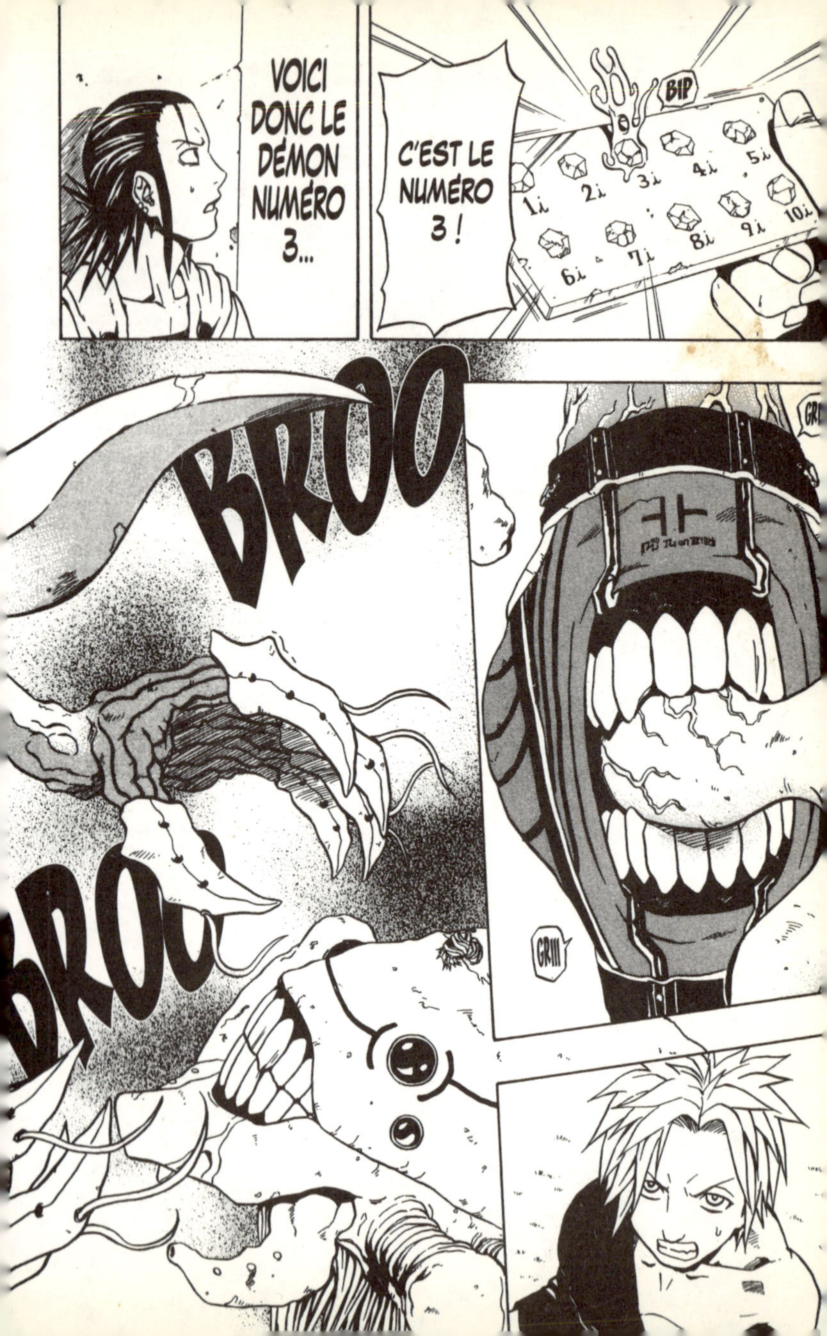
VOICI DONC LE DÉMON NUMÉRO 3...
C'EST LE NUMÉRO 3 !
BIP
BROOO
BROO
가
GRIII

LE DÉMON DU REFUS
GRIIII
BOOOOOO
BROO
LUCI-FUGUS !
BR
BROO

OO
OOOO
OOOOO
BROO
BROO
IL ME RESSEMBLE...

IL RESSEMBLE À CETTE CRÉATURE, BIRAIYA
C'EST LE VÉRITABLE O-PARTS DE YURIA
!!
L'O-PARTS AURAIT PARASITÉ SA MAIN GAUCHE...
PAR CONTRE, HAHAHA... C'EST UN SACRÉ O-PARTS, MA PAROLE. HAHA...
JE COMPRENDS QUE CELA NE DOIT PAS ÊTRE FACILE À CONTRÔLER, MEC
NON, YURIA EST EN TRAIN D'ÊTRE CONTROLÉE PAR SON O-PARTS
BROOOOOOO
PSCHHH
PSCHHH
PSCHHH
SHHH
SHH
PARDONNEZ-MOI...
VOUS TOUS !!

INCROYABLE ! ELLE N'A AUCUNE ÉGRATIGNURE ALORS QU'ELLE AURAIT DU ÊTRE BRULÉE PAR LES ACIDES DE BIRAIYA !?
GRII
GRII
ZZZTTTZZZZZ
OUAA-HHH !
ZZZTTT
PSCHHHHH
SERRRR
COURAGE YURIA ! ATTENTION À NE PAS TE FAIRE ASPIRER TON SPIRIT !
RÉSISTE-LUI !
JE N'AIME PAS ÇA...
IL VA ME FALLOIR COMBATTRE EN ME DÉPLAÇANT À PLEINE VITESSE
SVOUSH
GRIII
GRIII

GRIIIII
OOOO-HHH !
SVOUSHH
L'O-PARTS EST EN TRAIN DE PRENDRE LE CONTRÔLE DE SON O.P.T. !?
EST-CE QUE CETTE CRÉATURE SERAIT VRAIMENT UN O-PARTS ?
SVOUSH
GRI!
C'EST BIEN CE QUE JE PENSAIS. IL RESTE MOINS RAPIDE QUE MOI
SVOUSH
ET...
MAIS ?
!!!

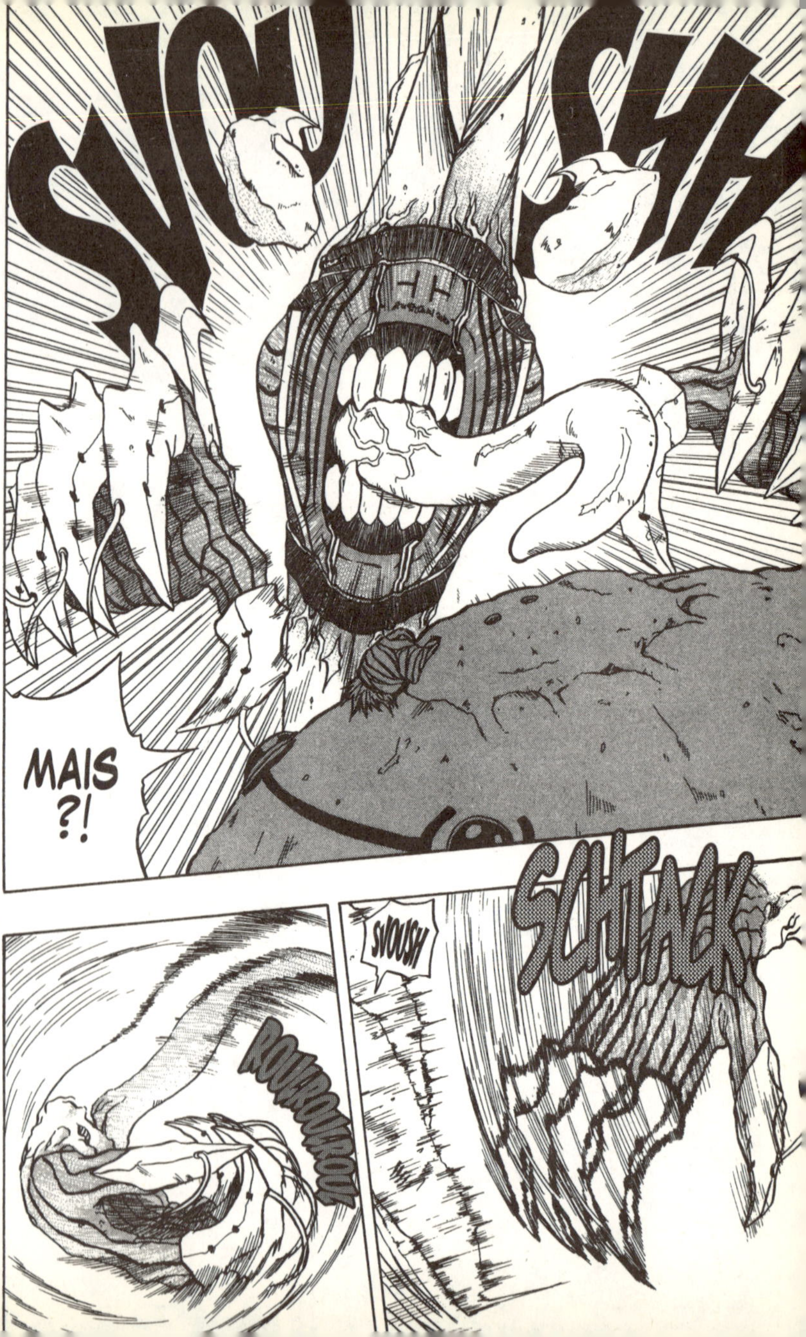
SVOUSCH
MAIS ?!
SCHTACK
SVOUSH
ROUKROUKROUK

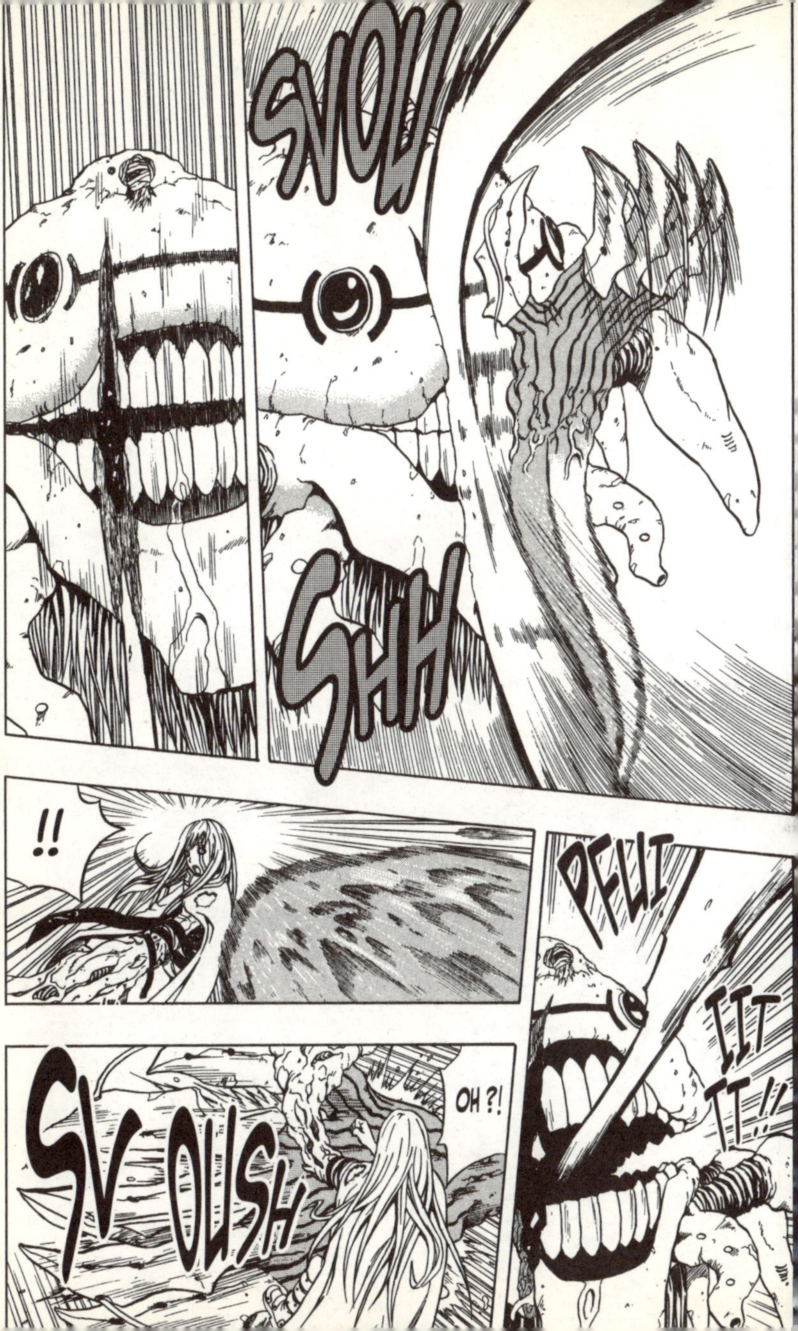
SVOU
SHH
!!
PFUI
OH ?!
SV OUSH
IIT TT !!

ÇA ALORS, SON O-PARTS A PROTÉGÉ YURIA
NON...
YURIA N'EST PLUS QU'UNE BATTERIE POUR CET O-PARTS...
ELLE RESTERA EN VIE TANT QU'IL POURRA ABSOR-BER SON SPIRIT
QUANT À YURIA, ELLE SE BAT DE TOUTES SES FORCES
ELLE AUSSI...
SI ELLE N'AVAIT PAS UTILISÉ SON O-PARTS, DANS LA BOUCHE DE BIRAIYA...
ELLE SERAIT MORTE
IL SUFFIT QUELLE UTILISE NE SERAIT-CE QU'UN PEU DE SON SPIRIT ET...
IL EN PROFITE POUR TOUT RAVAGER

DEPUIS QUAND... ?
PAR LE PASSÉ, AS-TU DIT, MAIS CELA DATE DE QUAND ?!
DEPUIS QUAND CE MONSTRE HABITE-T-IL LE BRAS DE YURIA ?!
JE T'EN PRIE, DIS-LE-MOI !
JIO...
JIO EST BIZARRE...
CELA FAIT 9 ANS

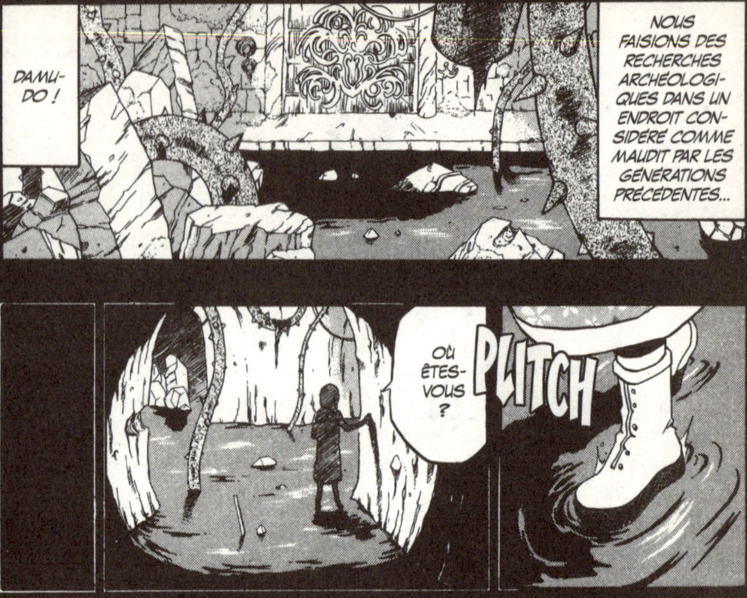

NDT : GEMATRIA, ANCIENS ÉCRITS EN RAPPORT AVEC LA CABALE. GEMATRIA EST AUJOURD'HUI LA NUMÉROLOGIE DE LA TORAH, DANS LE LANGAGE HÉBRAÏQUE

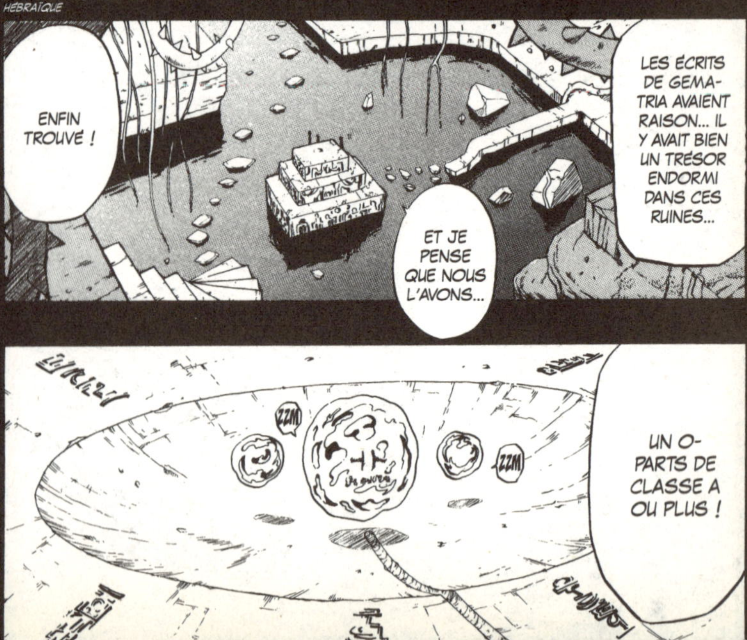

FAIS AT-
TENTION,
PAPA...
NE T'IN-
QUIÈTE
PAS
ÇA ALORS,
JE N'ARRIVE
PAS À LE
SAISIR
ZZM
ZZM
ZZM
LAISSE-
MOI
FAIRE,
PAPA
FAIS AT-
TENTION,
HEIN ?
HMPF
GLOUPS
TODOM
TO DOM
YURIA... ?
JE VOUS
AI ENFIN
RETROUVÉS.
C'EST PAS
TROP TÔT !
OUAH !

AAAA-HHH !
POURQUOI AVOIR CRIÉ UNE DEUXIÈME FOIS ?
OUF, MA MAIN SEMBLE INTACTE
TAIS-TOI !
YURIA, TU SAIS QUE TU N'AS PAS LE DROIT DE VENIR ICI
ON TRAVAILLE ET CET ENDROIT N'EST PAS FAIT POUR LES ENFANTS !
BOUUHH
TU PEUX PARLER !
TU ES AUSSI UN ENFANT, ET TU AIDES LES AUTRES, POURTANT
J'AI 12 ANS ET TU N'EN AS QUE 7 ! TU N'ES ENCORE QU'UNE GAMINE !
SI JE NE SUIS PAS LÀ, TU N'ES QU'UN BON À RIEN !
ENCORE EN TRAIN DE VOUS DISPUTER ?
MAIS C'EST YURIA QUI A COMMENCÉ...
MÊME PAS VRAI !
CESSEZ DE VOUS DISPUTER...
ET PUIS VOUS VOUS ENTENDEZ PLUTÔT BIEN, D'HABITUDE...

PFF, PAS TANT QUE ÇA
PFF
LE LENDEMAIN
HOP
TAP
JE ME DEMANDE SI KYTE EST LÀ... ?
IL N'Y A PERSONNE ?
C'EST PAS DRÔLE
HOP LÀ !
C'EST VRAI...
J'AI DÉJÀ VU CELA, HIER
POURQUOI L'ONT-ILS LAISSÉ LÀ ?
TIP
ZOOM
VROOM !!

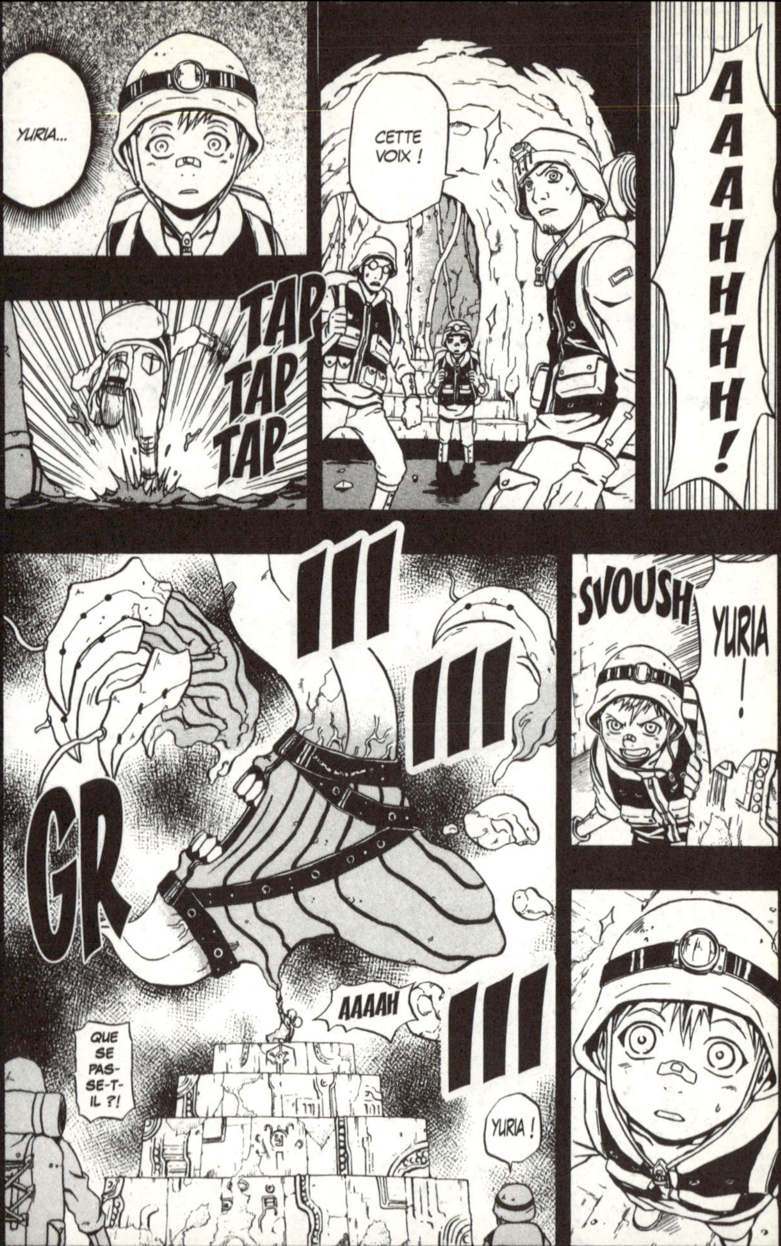
AAAHHHH!
CETTE VOIX !
YURIA...
TAP TAP TAP
SVOUSH
YURIA !
GR
AAAAH
QUE SE PASSE-T-IL ?!
YURIA !

JE NE ME SOUVIENS PLUS DE RIEN, ENSUITE
JE NE SAIS TOUJOURS PAS POURQUOI YURIA FUT LA SEULE À POUVOIR TOUCHER CET O-PARTS
LA SEULE CHOSE QUE JE SACHE...
C'EST QUE...
SEULS YURIA ET MOI-MÊME, FURENT ÉPARGNÉS
IL NE RESTAIT PLUS RIEN !
NI RUINES, NI TRACES, NI PERSONNE !
DEPUIS CE TEMPS, YURIA MAINTIENT SON BRAS ATTACHÉ LE LONG DU CORPS
ET ELLE LUTTE CONTRE CETTE ENTITÉ QUI L'HABITE, CHAQUE JOUR QUI PASSE
NOUS NOUS SOMMES DIT QUE SI NOUS REMPORTIONS LE TOURNOI ET METTIONS LA MAIN SUR L'O-PARTS LÉGENDAIRE, ALORS ON POURRAIT PEUT-ÊTRE LA SOIGNER
C'EST POUR CELA QUE NOUS SOMMES ICI
LA SOIGNER ?

MAIS MAINTENANT QU'IL A ÉTÉ LIBÉRÉ...
NOUS SOMMES TOUS EN DANGER !
YURIA AVAIT DÉCIDÉ DE NE PAS L'APPELER ...
MÊME SI ELLE DEVAIT EN MOURIR
IL EST DE LA MÊME NATURE QUE SATAN...
JE RESSENS LA MÊME CHOSE QUE CE QU'ELLE PEUT RESSENTIR
ALUCARD SPIRIT, CELUI QUI CONQUIT LE MONDE GRÂCE À L'O-PARTS LÉGENDAIRE...
MAIS IL NE FIT PAS QUE CONQUÉRIR LE MONDE...

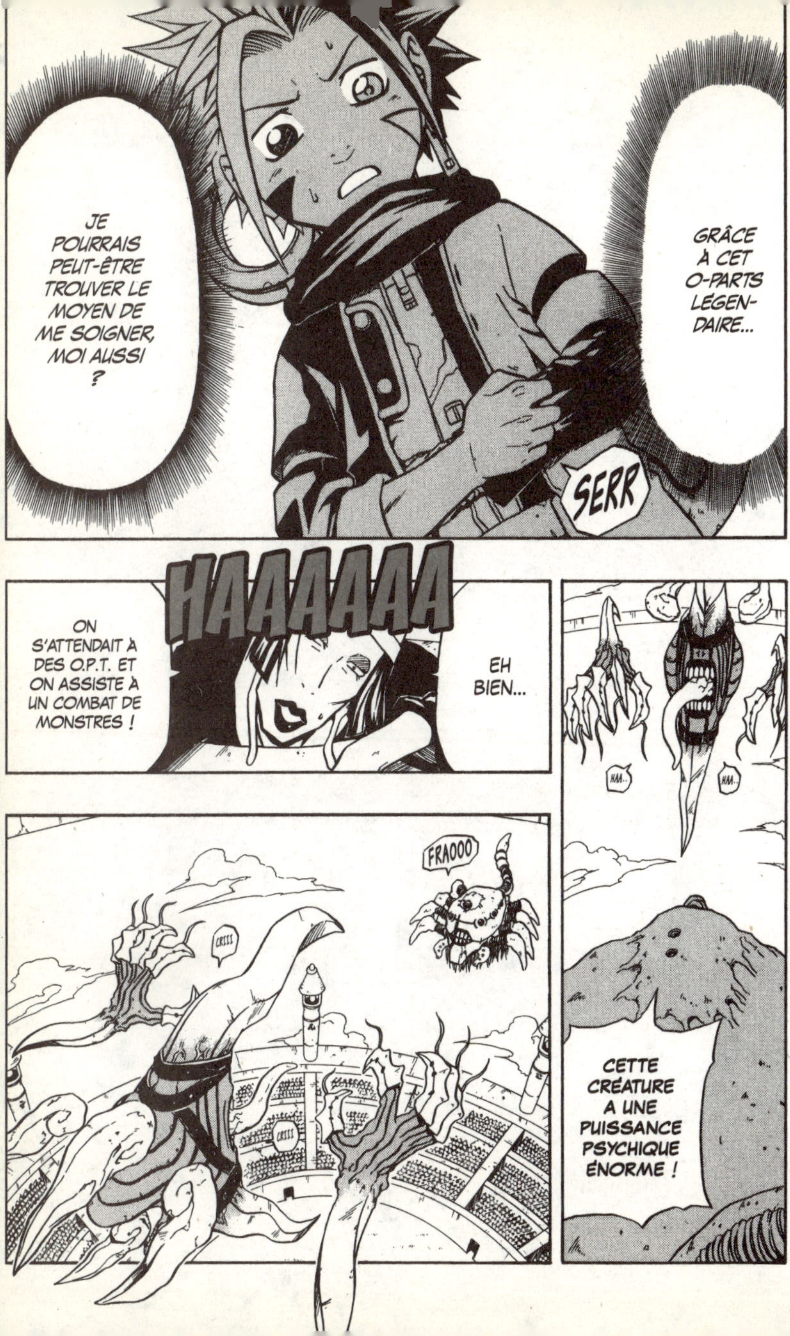
GRÂCE À CET O-PARTS LÉGENDAIRE...
JE POURRAIS PEUT-ÊTRE TROUVER LE MOYEN DE ME SOIGNER, MOI AUSSI ?
SERR
HAAAAAA
EH BIEN...
ON S'ATTENDAIT À DES O.P.T. ET ON ASSISTE À UN COMBAT DE MONSTRES !
HAA...
HAA...
CETTE CRÉATURE A UNE PUISSANCE PSYCHIQUE ÉNORME !
FRAOOO
CRIII
CRIII

ZO
OOO
OO
OO
OMMMM
OH !
REGARDEZ, IL A DISPARU !
SON EFFECT EST DE POUVOIR SE RENDRE INVISIBLE. C'EST SUPER !
C'EST COMME AMIDABA
HAHAHA, SI TU CROIS POUVOIR T'EN SORTIR EN DEVENANT INVISIBLE...
BIRAIYA A L'ODORAT TRÈS DÉVELOPPÉ ET SENTIRA TA PRÉSENCE OÙ QUE TU TE TROUVES
?
GRAO GRAO
QU'Y A-T-IL, BIRAIYA ?
COMMENT ?! TU NE SENS PAS SON ODEUR ?!
MAIS C'EST IMPOSSIBLE !

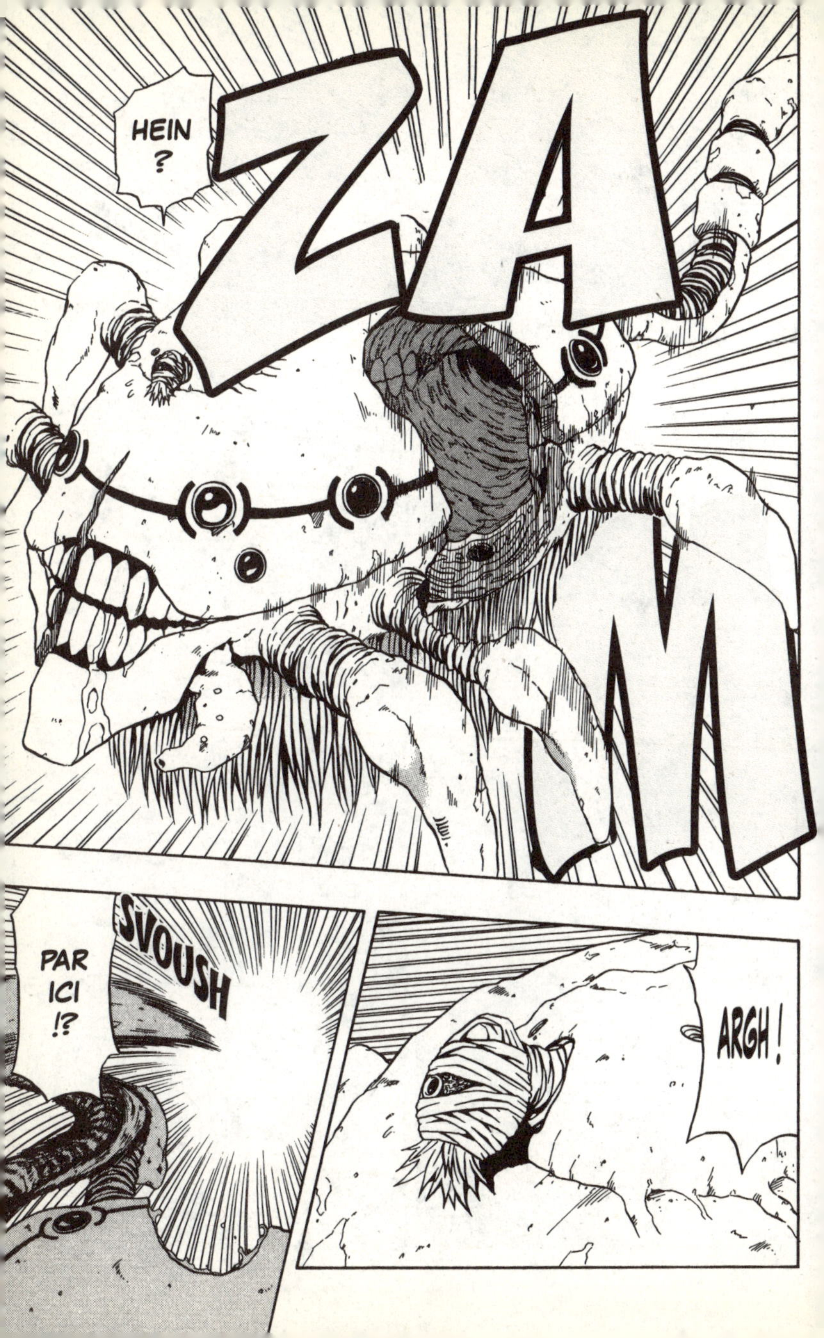
HEIN ?
ZAM
SVOUSH
PAR ICI !?
ARGH !

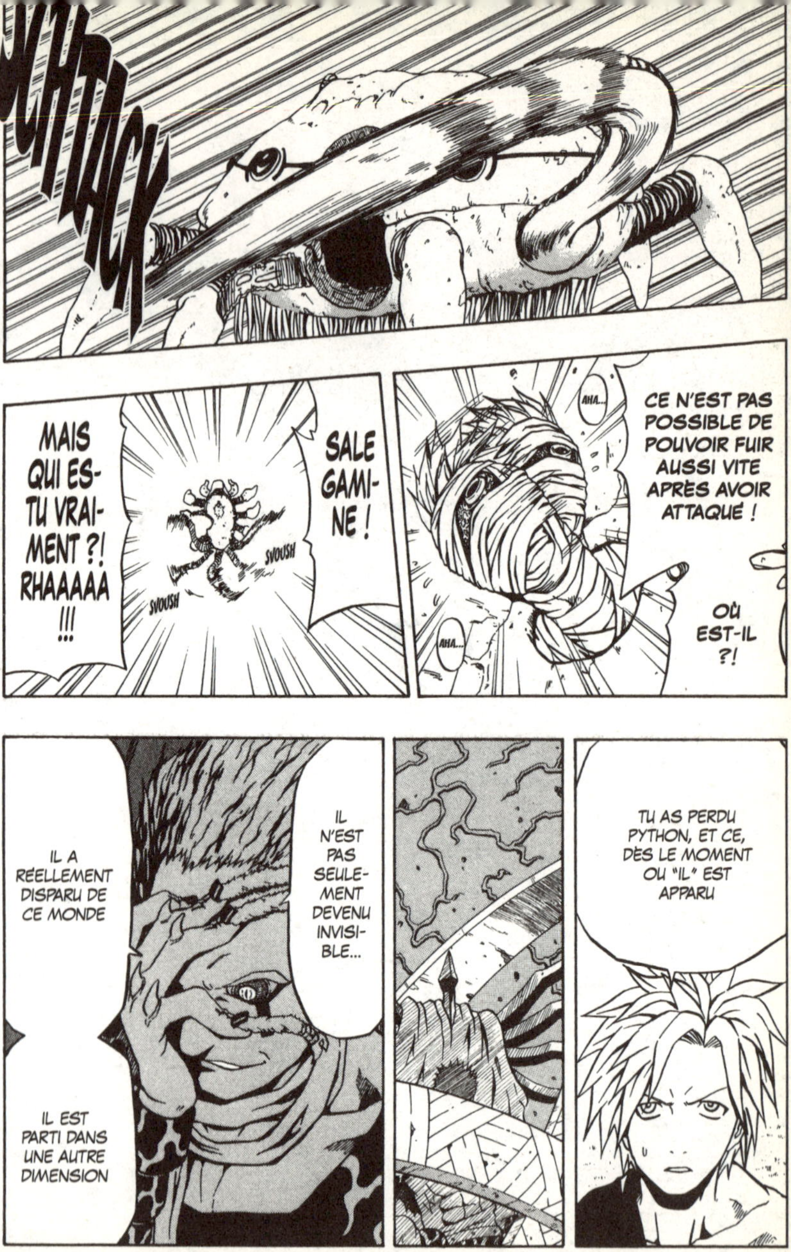
CHTACK
AHA...
CE N'EST PAS POSSIBLE DE POUVOIR FUIR AUSSI VITE APRÈS AVOIR ATTAQUÉ !
OÙ EST-IL ?!
AHA...
SALE GAMINE !
MAIS QUI ES-TU VRAIMENT ?! RHAAAAA !!!
SVOUSH
SVOUSH
TU AS PERDU PYTHON, ET CE, DÈS LE MOMENT OÙ "IL" EST APPARU
IL N'EST PAS SEULEMENT DEVENU INVISIBLE...
IL A RÉELLEMENT DISPARU DE CE MONDE
IL EST PARTI DANS UNE AUTRE DIMENSION

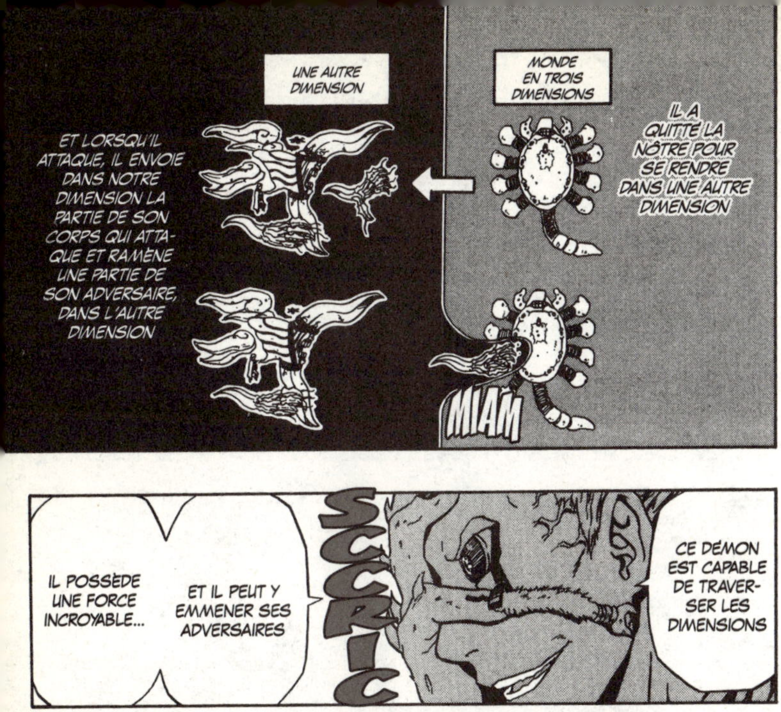

NDT : LES TERMITES LUCIFUGES SONT UNE CERTAINE CATÉGORIE DE TERMITES QUI FUIENT LA LUMIÈRE

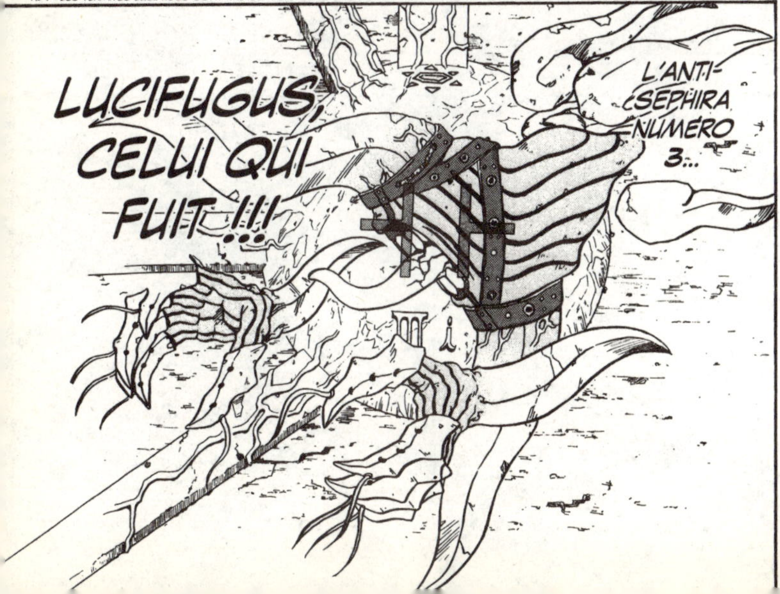

CETTE MARQUE...
LUCIFUGUS...
JE VAIS L'OBSERVER ET...
L'ÉLIMINER !
MAIS QU'EST-CE QU'IL SE PASSE, À LA FIN ?
JE COMMENCE À COMPRENDRE POURQUOI CETTE FILLE A ÉTÉ REPÊCHÉE...
APRÈS LES QUALIFICATIONS
ICAROS EST LOIN D'ÊTRE UN IMBÉCILE
LES COMBATS VONT ÊTRE DE PLUS EN PLUS VIOLENTS. C'EST MAUVAIS SIGNE...
POC
SI JIO ET LES AUTRES SONT MENACÉS, JE VAIS DEVOIR M'EN MÊLER SÉRIEUSEMENT

ARR-GHHHH !
SVOUSH
SVOUSH
MAIS ...
OÙ EST-IL ?!
PARDON...

AAAAHHHH
AAAOOOO

!!
GRA
OOHHH !
JE NE VEUX PAS MOURIR ! NOOONNN ! JE T'EN PRIE, NE ME TUE PAS !

RHAAAAAAA!
PYTHON A COMPLÈTEMENT DISPARU !
IL EST MORT ?!
ON DIT QUE C'EST TERMINÉ
PLOF
...
IL N'EST PAS MORT... IL ERRERA ÉTERNELLEMENT DANS UNE AUTRE DIMENSION
N'EST-CE PAS, LUCIFUGUS ?!
OOOHHH
OOOHHH

YO ! YURIA A GAGNÉ
TU N'AS RIEN COMPRIS. CE N'EST PAS LE MOMENT DE MANIFESTER TA JOIE !
CE N'EST PLUS YURIA QUI COMBAT !!
CE QUI VEUT DIRE QUE...
QUE TOUT LE MONDE ICI, EST EN DANGER !!
ON RISQUE DE TOUS DISPARAÎTRE !!
N'Y A-T-IL PAS UN MOYEN DE LE CALMER ?
HEIN... ?
ÇA NE DÉPEND QUE DE SON HUMEUR À "LUI" !

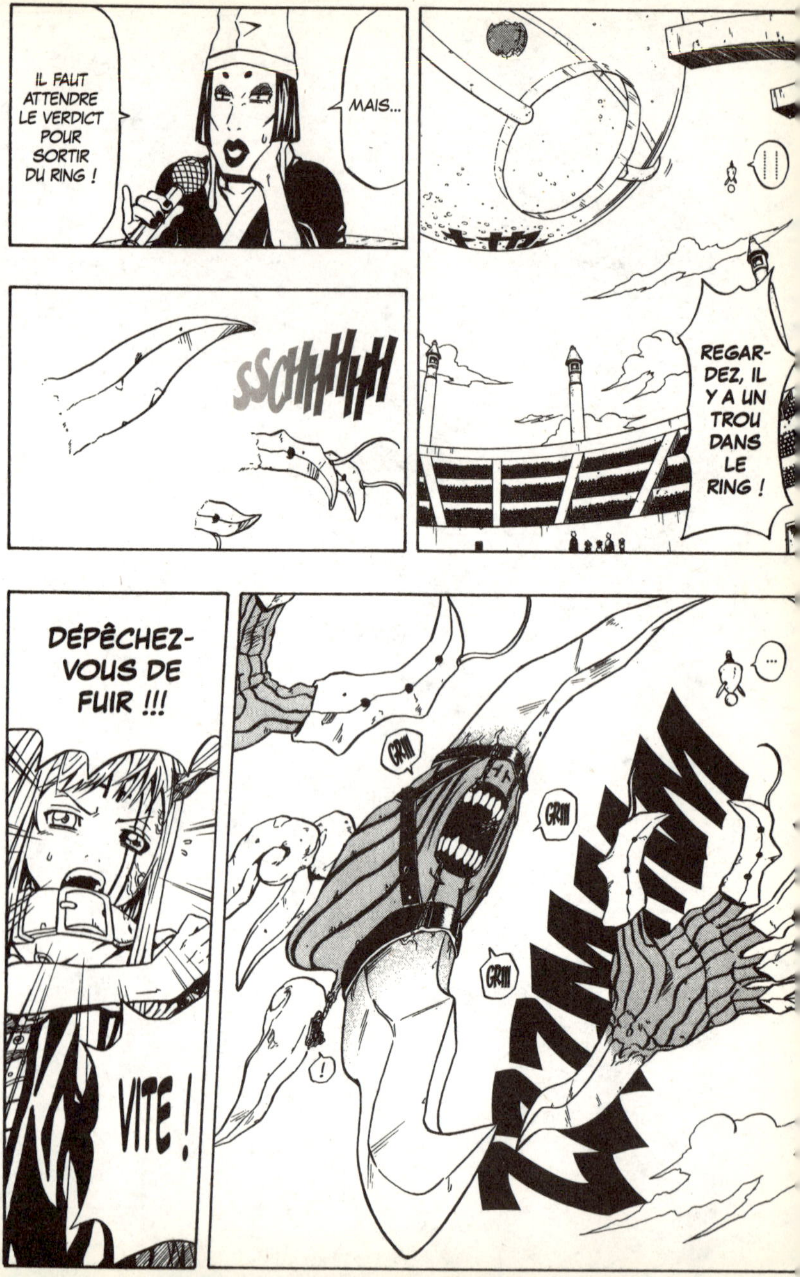
MAIS...
IL FAUT ATTENDRE LE VERDICT POUR SORTIR DU RING !
!!
REGARDEZ, IL Y A UN TROU DANS LE RING !
SSCHHHHHH
...
DÉPÊCHEZ-VOUS DE FUIR !!!
GRIII
GRIII
GRIII
!
VITE !

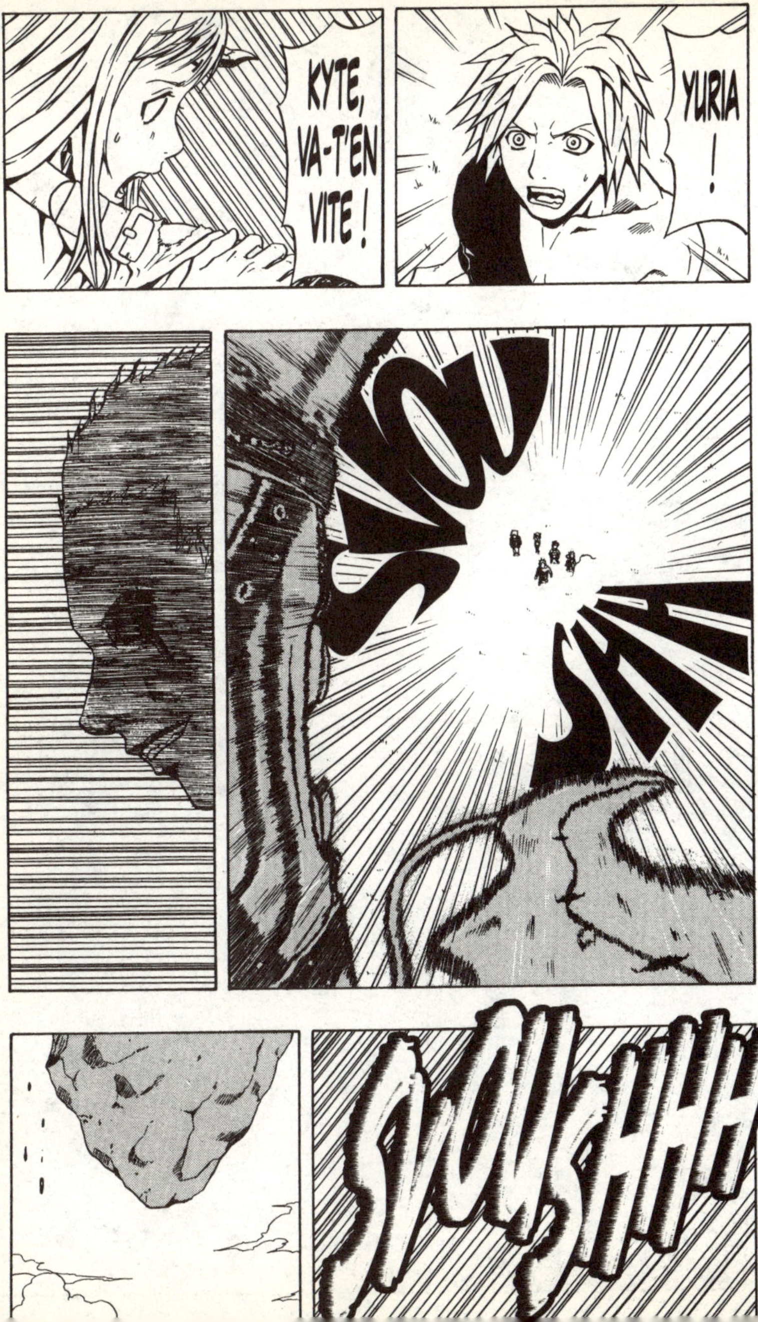
YURIA !
KYTE, VA-T'EN VITE !
SWOUSHHH

ENCHANTÉ...
SLOUSH
PAS MAL COMME FAÇON DE SE PRÉSENTER...
SCCHHLLLIPP
CRIII
CRIII
CRIII
CRIII
CRIII
GOUP
ÇA ALORS, C'EST LE SEIGNEUR ICAROS...
IL A STOPPÉ LA CRÉATURE !

YURIA, C'EST CELA... ? J'AI BESOIN DE TOI !
COMME TU LE DÉSIRES, JE PEUX TE LIBÉRER DE "SON" EMPRISE !
C'EST VRAI ?
C'EST POSSIBLE ?
JE POSSÈDE MOI AUSSI EN MOI, UNE CRÉATURE DANS CE GENRE
TU AS DÉCIDÉ DE PARTICIPER À OLYMPIA POUR ESSAYER DE GUÉRIR, N'EST-CE PAS ?
MÊME SI POUR CELA, TU DEVAIS TUER DES GENS...
...
C'EST VRAI...
GLOUPS
HI HI HI
BONNE RÉPONSE !
JE VAIS TE LIBÉRER MAIS...
CRIII
MAIS AVANT, TU DOIS ME DIVERTIR
TAP
MAIS QUE SE PASSE-T-IL ?
ZMM
OOH

JE N'AR-RIVE PAS À BOUGER !
TU VAS TUER...
CET HOMME !
CRRCC
!!
KYTE !
QU'AT-TENDS-TU, YURIA ?! TON ENVIE DE REDEVENIR NORMALE EST PLUS FORTE QUE TOUT, NON ?!
HMMPF!
ÉCOUTE TON CŒUR ET LAISSE-TOI ALLER !
TU N'AS PLUS ENVIE DE GUÉRIR ?
SVOUSH
AAHH
TUE-LE !

GRIII
SI LE CŒUR DE CETTE FILLE BASCULE DANS LE MAL, ALORS LUCIFUGUS POURRA LIBÉRER TOUTE SA PUISSANCE !
PIC
PIC
KYTE !
BON SANG, IL EST COMPLÈTEMENT BLOQUÉ
MON PAUVRE KYTE...
N'HÉSITE PAS, YURIA...
SI CELA PEUT TE PERMETTRE DE GUÉRIR, MA VIE N'A PAS D'IMPORTANCE
VAS-Y !
PARDONNE-MOI, KYTE...
SVOUSHHH

GRAA

PSSH
!!!
INCROYABLE, CETTE GAMINE A PU REPRENDRE LE CONTRÔLE DE LUCIFUGUS !?
QUEL MENTAL FORMIDABLE !
YURIA !
NON !
ICAROS, SALE VERMINE !

AAH
PLOC
YURIA... POURQUOI AS-TU FAIT CELA ?
TU SAIS POURTANT QUE SEULES LES BLES-SURES SUR TON BRAS GAUCHE, PEUVENT GUÉRIR
AHA...
JE TE DEMANDE PARDON, KYTE...
JE VOULAIS GUÉRIR AU MÉPRIS DE LA VIE DES AUTRES...
AHA...
...
MAIS JE NE VOULAIS PAS QU'ON TE FASSE DU MAL...
SURTOUT PAS À TOI
PSSSSS

SSHH
SSHH
JE VEUX QUE TU RESTES TOUJOURS À MES CÔTÉS...
J'AI 12 ANS ET TU N'EN AS QUE 7 ! TU N'ES ENCORE QU'UNE GAMINE !
SI JE NE SUIS PAS LÀ, TU N'ES QU'UN BON À RIEN !
JE ME DEMANDE SI KYTE EST ICI...

DEPUIS LE JOUR DE CET ACCIDENT...
J'AI TOUJOURS VOULU TE LE DIRE... DE NE PAS ME DÉTESTER MALGRÉ CE BRAS...
KYTE...
JE NE POURRAIS VIVRE SANS TOI, TU SAIS...
SERRR
JE N'AVAIS EN TÊTE QUE L'ENVIE DE GUÉRIR YURIA...
ET DE CE FAIT, J'AI OUBLIÉ QUE C'ÉTAIT DEVENU UNE JEUNE FEMME
KYTE ...
BRR
RHAA
BRR
RHAA-AAA !
CRRCR
JE VAIS TE MONTRER QUE...
BRR
RHAA
BRR
TU VAS BOUGER, OUI... ?!
BRR

SSSHHH
ÇA ALORS, LUCIFUGUS DISPARAÎT...
COMMENT VAIS-JE FAIRE POUR LE CAPTURER, MAINTE-NANT... PFFF
AU MOINS, YURIA N'A PAS PERDU L'AMOUR DANS LE CŒUR...
PAS COMME L'AUTRE MOMIE...
MA MAIN EST REDEVENUE NORMALE
...

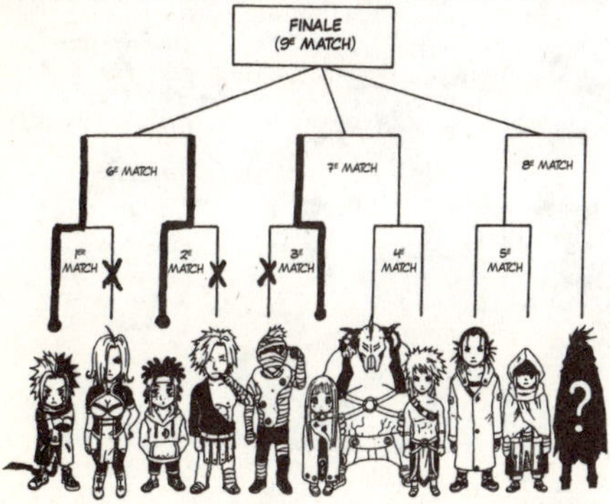

CHAPITRE 39 :
L'OISEAU EN CAGE

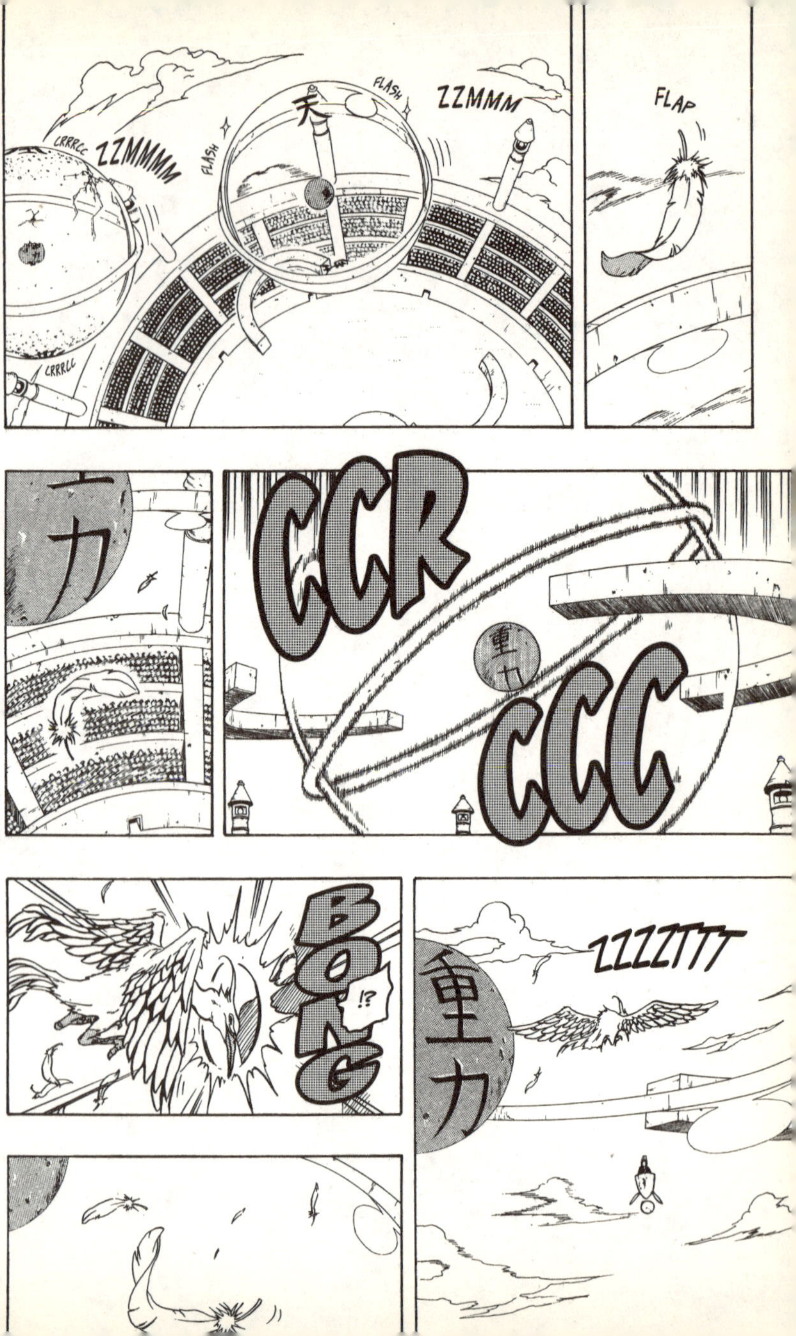
FLAP
ZZMMM
FLASH
FLASH
CRRRCC
ZZMMMM
CRRRLC
天
力
CCR
重力
CCC
BONG
!?
ZZZZTTT
重力

FLAP
FLAP
UN HIGHBIRD EST ENTRÉ DANS LE RING LORS DU REMPLACEMENT DE L'ANCIEN
LE PAUVRE...
BAH, TANT PIS...
INFIRMERIE
ZZM
ZZM

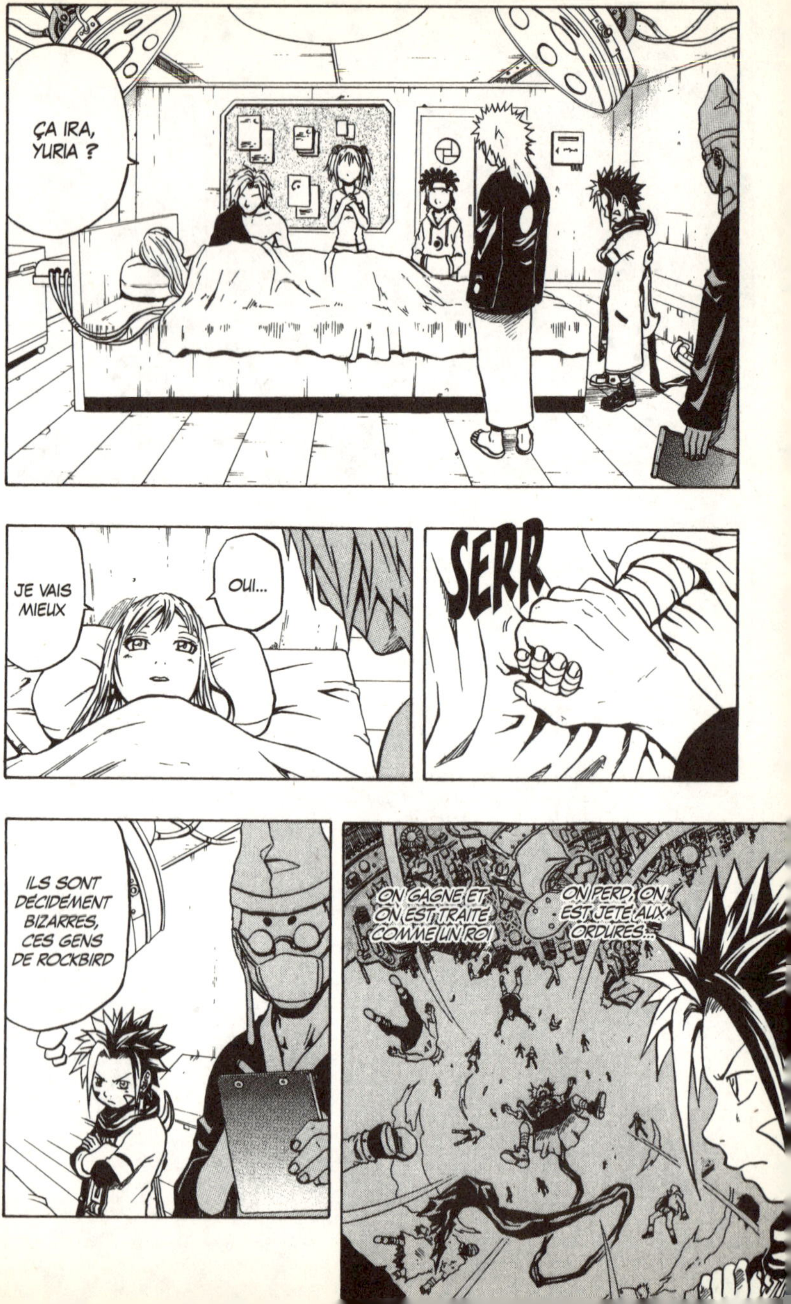
ÇA IRA, YURIA ?
OUI...
JE VAIS MIEUX
SERR
ILS SONT DÉCIDÉMENT BIZARRES, CES GENS DE ROCKBIRD
ON GAGNE ET ON EST TRAITÉ COMME UN ROI
ON PERD, ON EST JETÉ AUX ORDURES...

NOUS AVONS DE LA CHANCE QU'"IL" AIT DÉCIDÉ DE SE CALMER
NON
C'EST GRÂCE À YURIA...
ELLE L'A FAIT DISPARAÎTRE
J'EN SUIS SÛR, JE LE SENS
...
HEIN?
HEU ENFIN ...
JE CROIS...

DÉSOLÉ DE TE DE-MANDER DE TE RAPPELER DE MAUVAIS SOUVENIRS, MAN...
MAIS POURQUOI EST-CE QU'IL N'Y A QUE VOUS DEUX, QUI ONT ÉTÉ SAUVÉS, IL Y A NEUF ANS ?
JE N'EN SAIS RIEN, MAIS NOUS AVONS UN POINT COMMUN TOUS LES DEUX...
NOUS ÉTIONS DES O.P.T.
MONSIEUR KYTE, JE VOUS DEMANDERAI DE NOUS ACCOMPA-GNER...
KYTE...
NE T'INQUIÈTE PAS. PENSE SEULEMENT À RÉCUPÉRER
TAP

DONC CETTE FILLE EST LUCIFUGUS ET...
LE GAMIN EST...
SATAN
...
LE DÉTECTEUR N'A PAS RÉAGI. JE ME DEMANDE QUI CELA PEUT-IL ÊTRE
CET ICAROS...
SCCHHLLURPP
JE COMMENCE À CROIRE QUE CE TOURNOI CACHE AUTRE CHOSE QU'UN SIMPLE AFFRONTEMENT ENTRE O.P.T. ...
DE TOUTE FAÇON, J'EN SAURAI PLUS SI JE GAGNE CE TOURNOI. PAR CONTRE, JE ME DEMANDE SI J'Y ARRIVERAI... POUR SÛR...
ET PUIS IL Y A CE TYPE AUSSI. JE SUIS SÛR QU'IL N'EST PAS ORDINAIRE
ON DIRAIT UNE ENTITÉ QUI AURAIT PRIS FORME HUMAINE

MAIS OÙ M'EM-MENEZ-VOUS ?
ZATT
!!!
ZZT
ZZT
AAHHH
PLOF
GRATT
GRATT
OH...
OÙ SUIS-JE... ?
UN O.P.T. SANS O-PARTS N'EST RIEN D'AUTRE QU'UN VIEUX DÉTRITUS...
MAIS TU ES...

LES PERDANTS SONT TOUS MIS DANS CETTE CAGE...
DIRAIT-ON...
ANNA !
LES TRAÎ-TRES !
CLONG
CLONG
CLONG
LAISSEZ-MOI SORTIR !
TAP
TAP
YURIA...

OUAIS
OUAIS
GRRRR
OH !
LE QUATRIÈME COMBAT VA COMMENCER, DIRAIT-ON...
MAIS QUE FAIT KYTE... ?

QUE LE QUATRIÈME MATCH OPPOSANT MII AU JEUNE HOMME MYSTÉRIEUX, COMMENCE !
FLASH
FLASH
LE NOUVEAU RING EST PRÊT. ON VA POUVOIR Y ALLER
QUE FAIRE S'IL M'INVITAIT À DÎNER... ?
RHOO
MAIS QU'EST-CE QU'IL EST BEAU...
C'EST DONC AVEC LUI QUE JE VAIS M'AMUSER... TANT MIEUX...
CRIIIC
CRIICC

PFFFFUIIIIIIIIIT
SCHLACK
ROUL
ROUL
SHOUSHHH
ROUL
JIIIIIIIII
PAN
NG
CE PUTOIS ÉMET DES GAZ INNERVANTS...
C'EST SUPER !
HIHIHI

JIIII
SCHTACK
SWOUSHH
HIHIHI
JE VAIS M'AMUSER MOI AUSSI !
SWOUSH

TAP
DANS MES BRAS !
SVOUSHHH
BONG
?
CRCCC
CRCCC

IL A UNE DRÔLE DE FAÇON DE S'AMUSER ...
ÇA A L'AIR DE GRAVE DAUBER, MEC !
DITES, LE RING EST TOUT NEUF ! VOUS ÊTES PRIÉS DE NE PAS LE CASSER TOUT DE SUITE !
GROS SAUVAGE !
FLAP
FLAP
...
FLAP
BONG

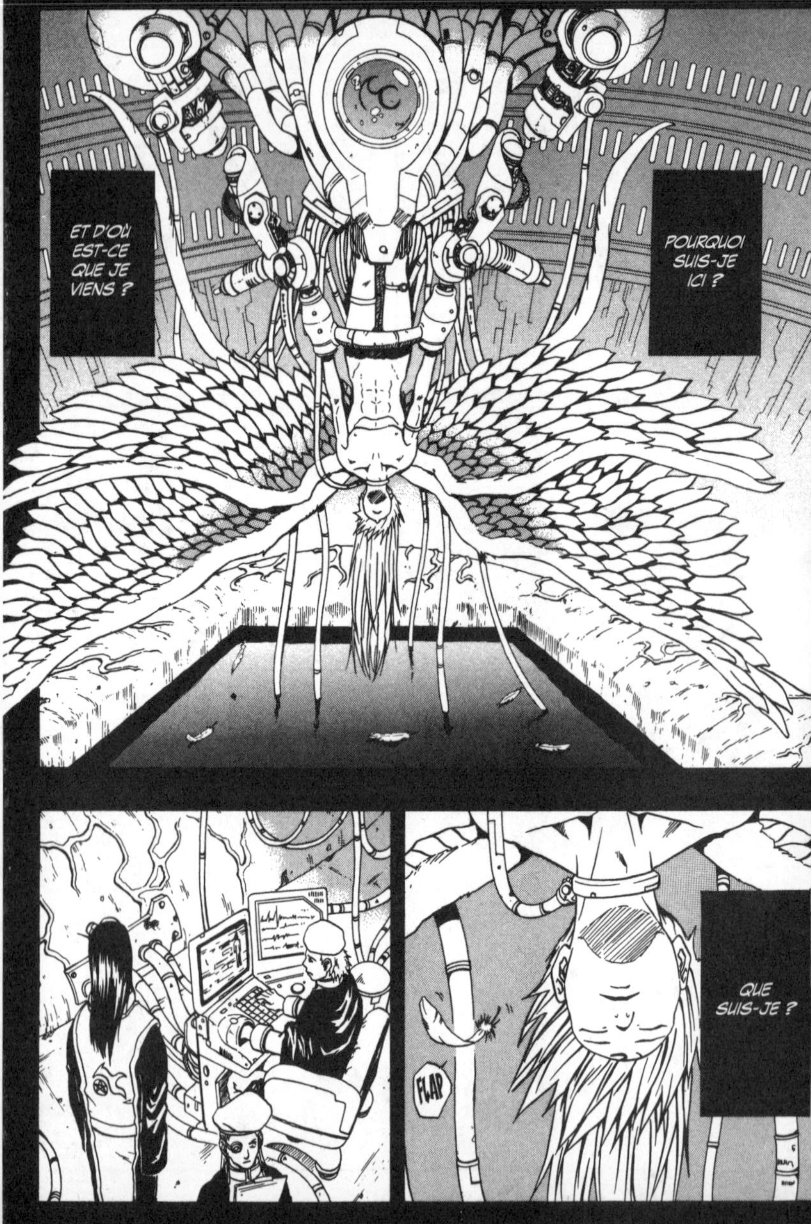
POURQUOI SUIS-JE ICI ?
ET D'OÙ EST-CE QUE JE VIENS ?
QUE SUIS-JE ?
FLAP

JE NE PEUX...
PLUS VOLER LIBREMENT
PLOC
FLAP
FLAP
BONG
BRR
BRR
LUI SE MOQUE DE MOI !
IL NE CESSE DE REGARDER AILLEURS...
SCRIIILL
AIME PAS CET OISEAU !

VAS-Y, MINE !
TOP
TOP
SCHTACK
SCRIILLLL
CE PUTOIS...
SERAIT-IL UN O-PARTS ?
SCHTACK
SVOUSH

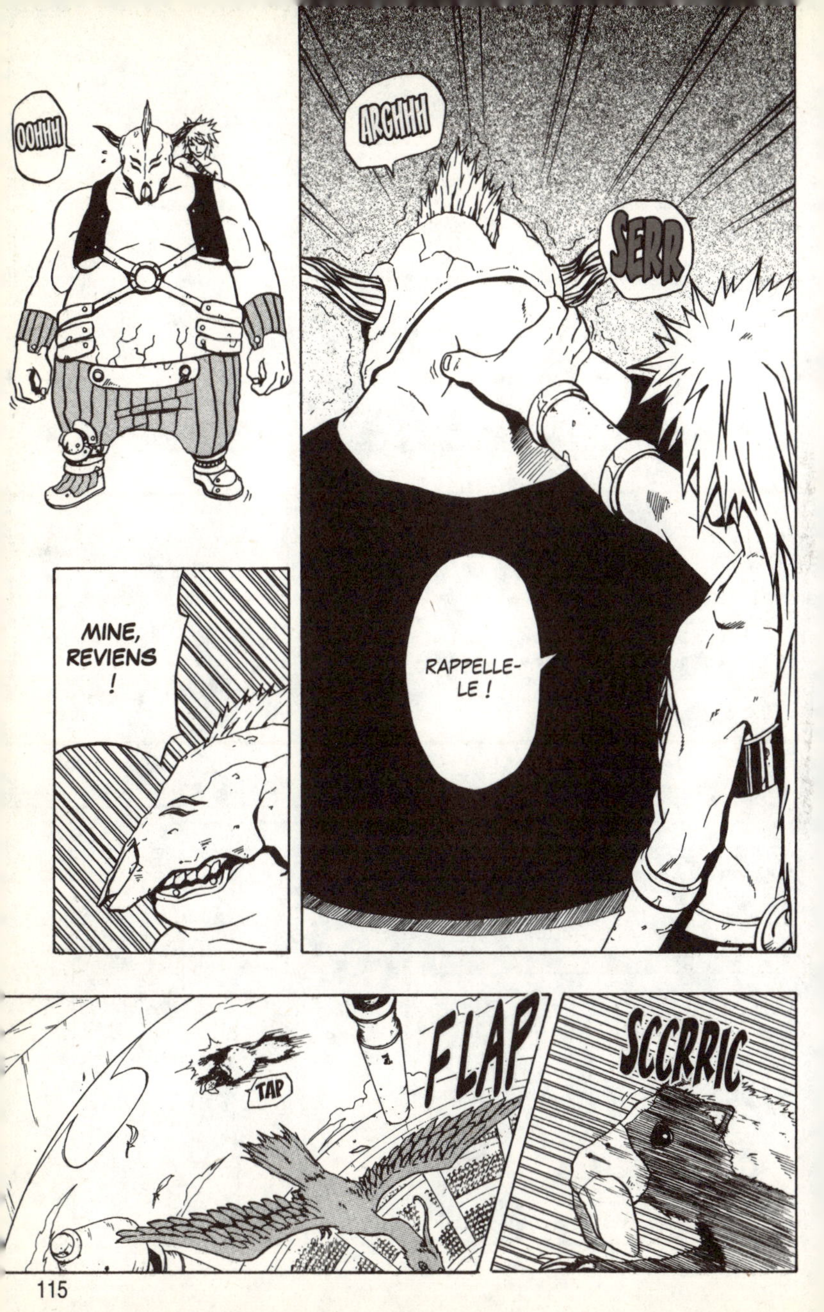
ARGHHH
SERR
RAPPELLE-LE !
OOHHH
MINE, REVIENS !
SCCRRIC
FLAP
TAP

CE JEUNE HOMME EST PLUTÔT RUSÉ...
CET O-PARTS POUVANT AGIR DE SON PROPRE GRÉ, IL ÉTAIT DIFFICILE DE SAVOIR COMMENT LE BLOQUER
IL DEVENAIT ÉVIDENT QUE DEMANDER À SON PRO-PRIÉTAIRE DE BLOQUER SON O-PARTS, ÉTAIT LA MEILLEURE SOLUTION
SCRIICCC
SERRRR
DIS-MOI QUE TU NE VAS PLUS UTILISER TON EFFECT
TU AS ENFIN DÉCIDÉ DE JOUER AVEC MOI ?
...
SCRIICC
HYARK
GRRRRR

PSCHHHH
PSCHHHH
TU NE POURRAS PAS CONTRER MON ATTAQUE !
PS CH HH HH HH HH
SON SPIRIT ?
NON, C'EST AUTRE CHOSE !
SNIFF
SNIFF
FLAP
FLAP

CROAAA
CRA
CROAAA
BADAN
!!
MAIS !
SVOUSH
SERRR

VOUS AVEZ VU L'OISEAU ?!
QUE S'EST-IL PASSÉ ? CE N'EST PAS SON SPIRIT QUI A FAIT ÇA, NON ?
LE PAUVRE OISEAU...
IL EST DANGEREUX CE GROS !
OOOHHHH
JE VAIS JOUER AVEC TOI, JUSQU'À CE QUE TU EN MEURES
ZZTTZZZTT-T
ZZTTZZZTTT
PSHHHHH
J'AI COMPRIS !
JE VOIS...

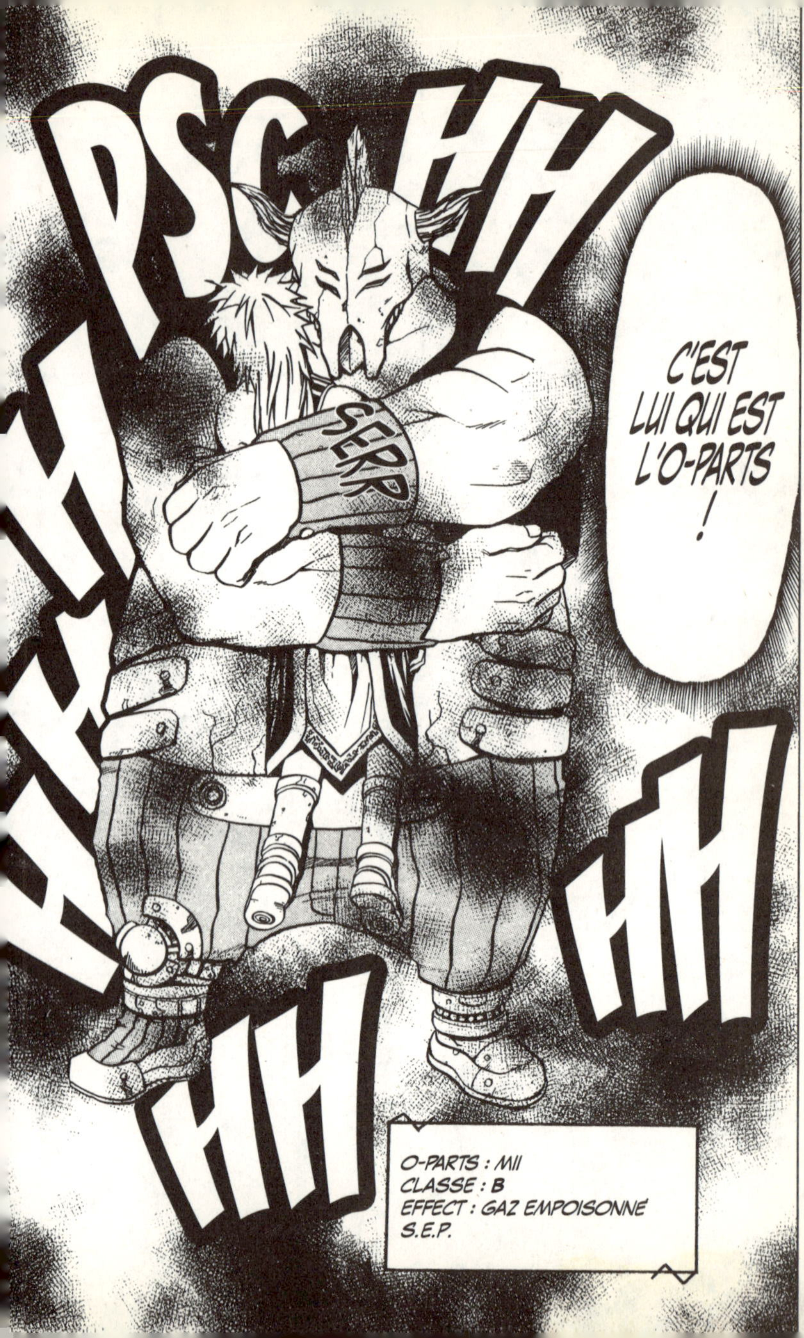
PSCHHHHHH
SERR
C'EST LUI QUI EST L'O-PARTS !
O-PARTS : MII
CLASSE : B
EFFECT : GAZ EMPOISONNÉ
S.E.P.

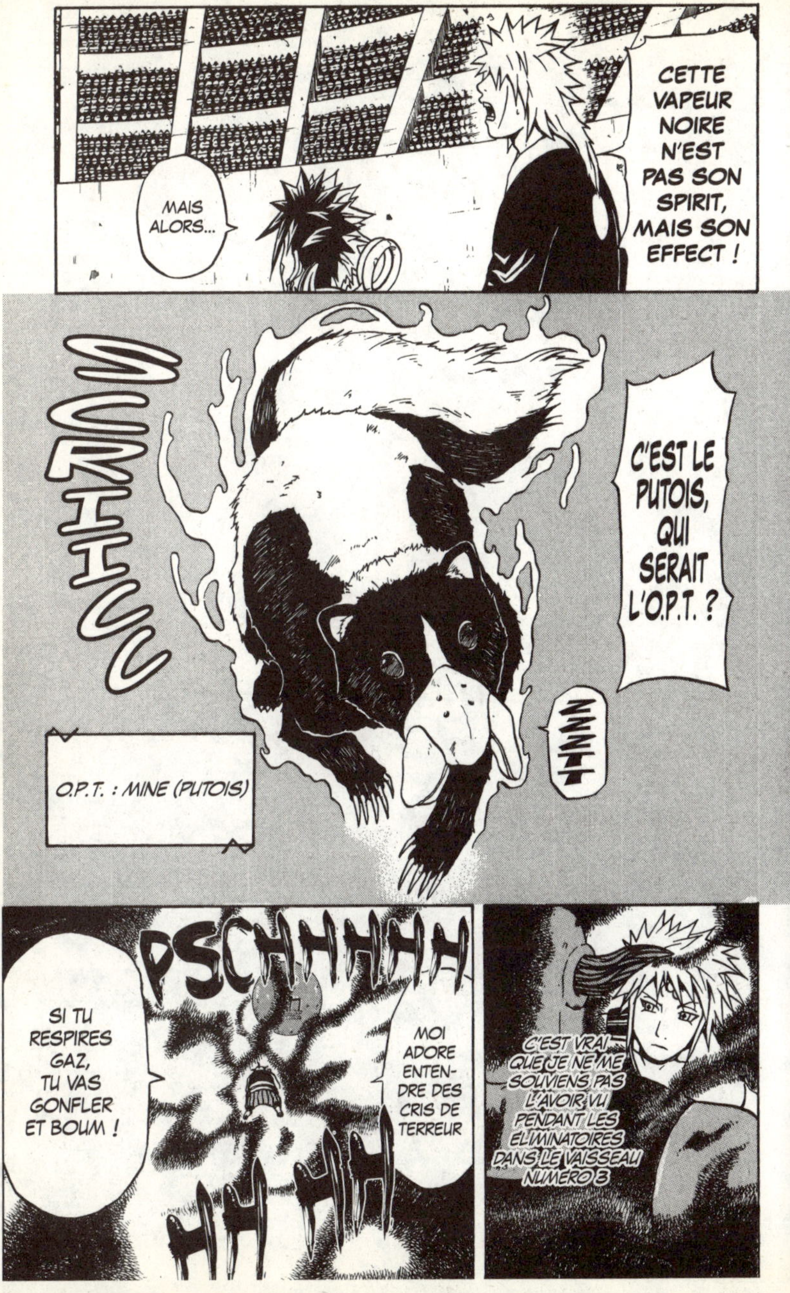
CETTE VAPEUR NOIRE N'EST PAS SON SPIRIT, MAIS SON EFFECT !
MAIS ALORS...
C'EST LE PUTOIS, QUI SERAIT L'O.P.T. ?
SCRIIUU
O.P.T. : MINE (PUTOIS)
C'EST VRAI QUE JE NE ME SOUVIENS PAS L'AVOIR VU PENDANT LES ÉLIMINATOIRES DANS LE VAISSEAU NUMÉRO 3
MOI ADORE ENTEN-DRE DES CRIS DE TERREUR
PSCHHHHHH
SI TU RESPIRES GAZ, TU VAS GONFLER ET BOUM !

PSCHHHHHHHHH
VOILÀ DONC SON EFFECT...
DU GAZ !
MÊME S'IL EST TRÈS FORT, IL NE POURRA ÉCHAPPER AUX EFFETS DU GAZ
PSCH HH HH HH HH

RHAAA-AAAAA !
RHAAAA !
!!
OOH, IL A DÛ EXPLOSER AUSSI
LE RING EST DEVENU ENTIÈREMENT NOIR. ON NE VOIT PLUS RIEN

TADANNN
FLAP
CE SERAIT LUI LE VAINQUEUR ?
OUAH, IL A DÛ ÉCLATER EN BOUILLI, MEC !
CET EFFECT EST VRAIMENT PUISSANT

...
PSCHHHH
LE GAZ SEMBLE S'ÉVAPORER
DIRE QUE J'ATTENDAIS TELLEMENT QUE CE JEUNE HOMME M'INVITE...
RENDS-LE-MOI, ESPÈCE DE GROS BOUFFI !

TAD
AAN
FLAP

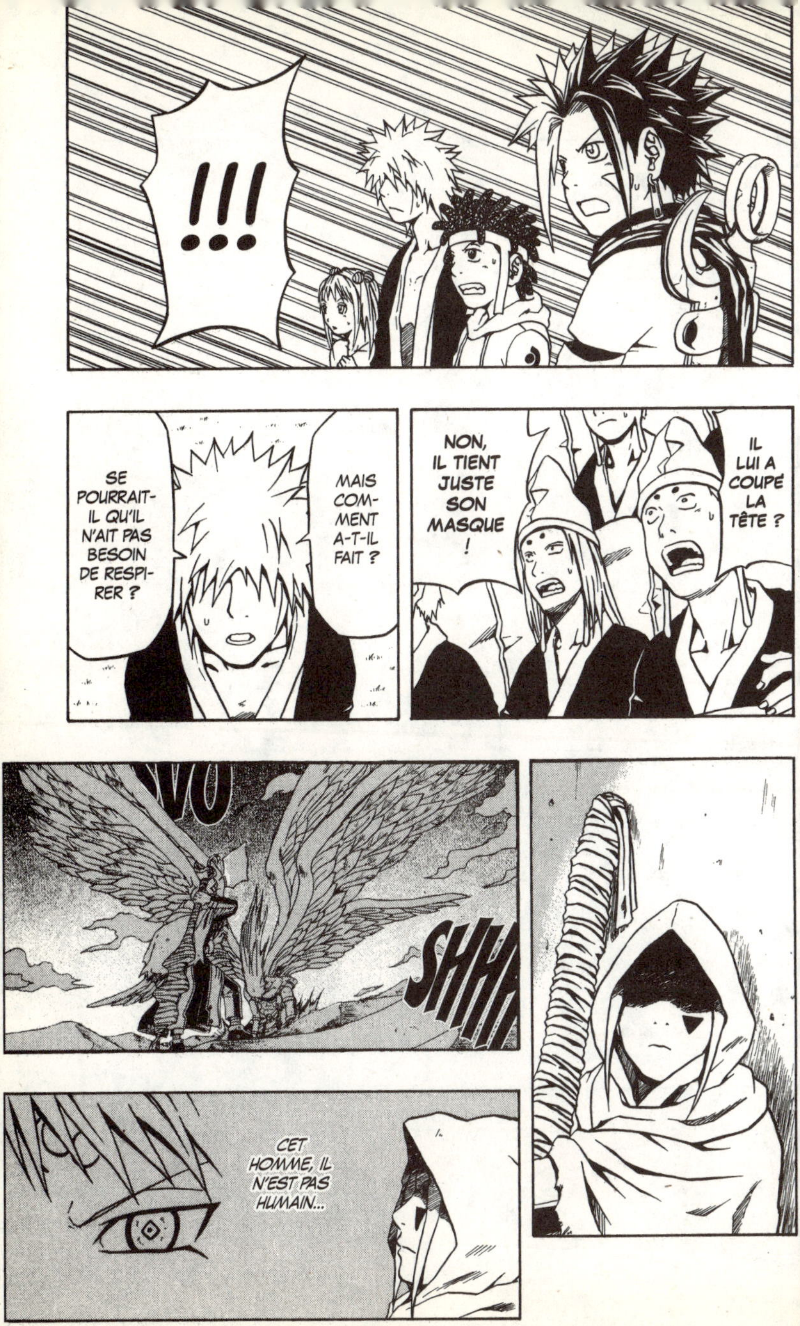
!!!...
IL LUI A COUPÉ LA TÊTE ?
NON, IL TIENT JUSTE SON MASQUE !
MAIS COMMENT A-T-IL FAIT ?
SE POURRAIT-IL QU'IL N'AIT PAS BESOIN DE RESPIRER ?
SHHH
CET HOMME, IL N'EST PAS HUMAIN...

JE SUIS CERTAIN QUE C'EST UN ÉLÉMENT DE LA CABALE !
VU QUE MON DÉTECTEUR NE RÉAGIT PAS...
IL DOIT S'AGIR D'UN ANGE
...
SCHTACK

OUAW, MON BEAU FIANCÉ VIENT DE GAGNER !
TIENS, TIENS !
CRA
ACCC
FLAP
FLAP
FLAP
REGAR-DEZ...
COMME SES YEUX SONT TRISTES...

ON A PAS VU SA TECHNIQUE DE COMBAT, À CAUSE DU GAZ...
...
FLAP
!!
OH !
BRR
QU'EST-CE QU'IL T'ARRIVE, JIO ?
BRR
BON SANG...
BRR
BRR

BRR
BRR
JE N'AI PAS EU LE TEMPS D'ALLER AUX TOILETTES, DEPUIS CE MATIN...
TAP TAP TAP
VITE, VITE...
CE GARÇON EST VRAIMENT ÉTONNANT. UN VRAI "FUNNY BOY", MAN
GÉNÉRALEMENT, ON N'OUBLIE PAS DE FAIRE CE GENRE DE CHOSE...
IL ME FAUT GAGNER ET ATTENDRE LE BON MOMENT POUR CAPTURER LES DÉMONS
C'EST À MON TOUR DE ME BATTRE...

MON CŒUR SE BAT POUR ZENOM !
ET POUR L'ÉRADICATION COMPLÈTE DU GOUVERNEMENT DE STEA !
SVOUSH
C'EST MOI QUI ÉLIMINE-RAI LUCI-FUGUS !

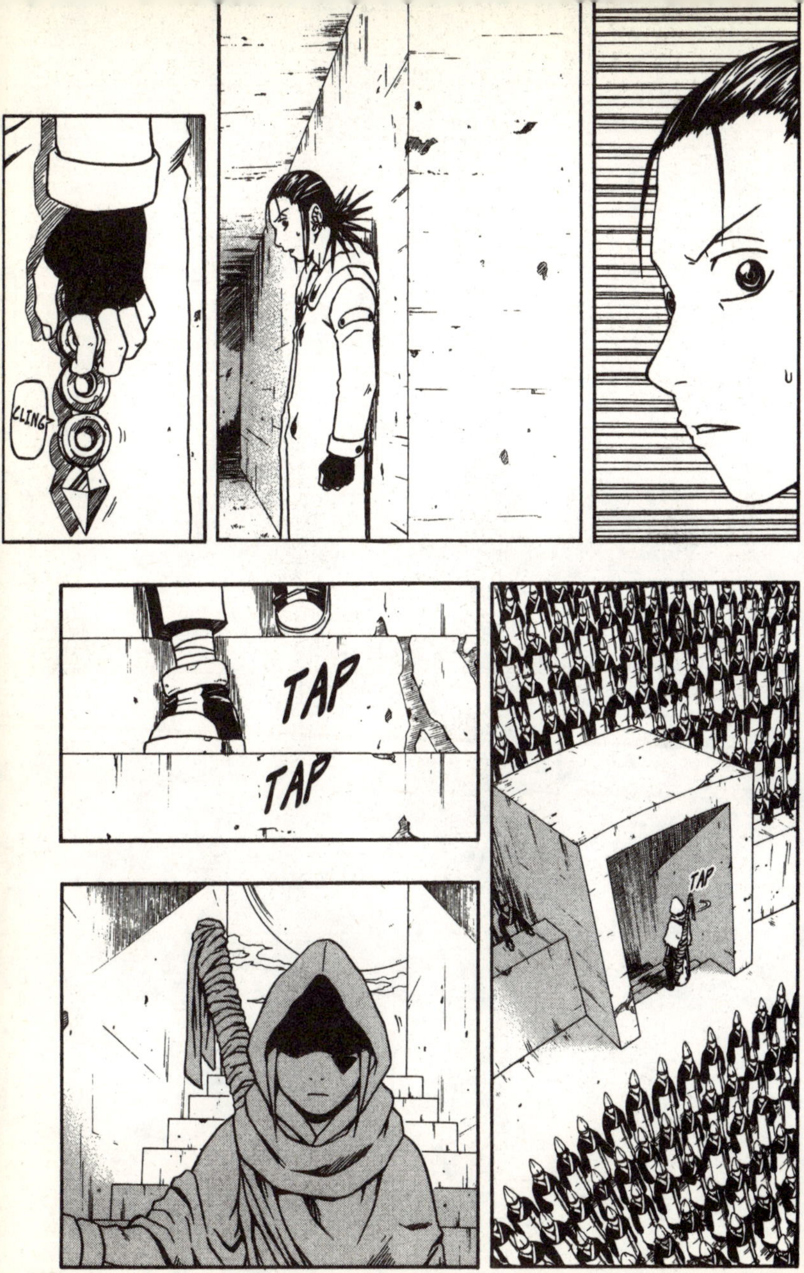
CLING
TAP
TAP
TAP

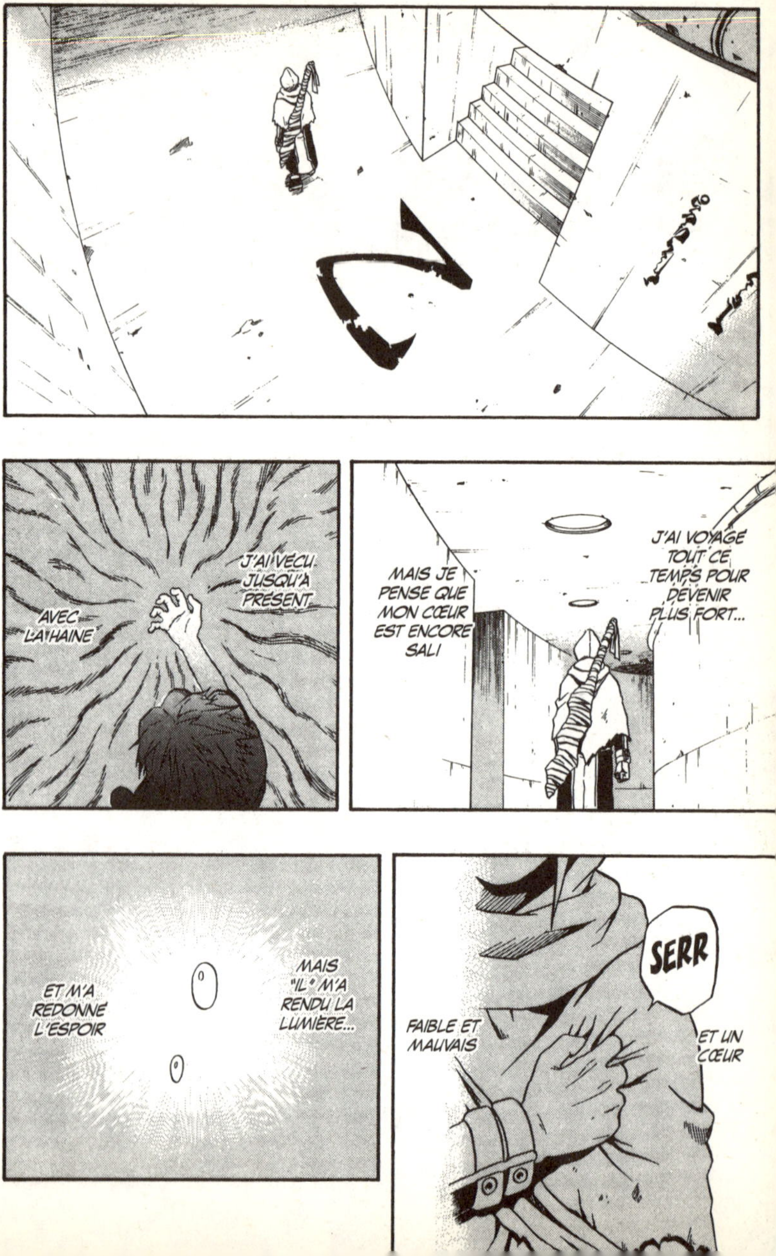
J'AI VOYAGÉ TOUT CE TEMPS POUR DEVENIR PLUS FORT...
MAIS JE PENSE QUE MON CŒUR EST ENCORE SALI
J'AI VÉCU JUSQU'À PRÉSENT
AVEC LA HAINE
SERR
ET UN CŒUR
FAIBLE ET MAUVAIS
MAIS "IL" M'A RENDU LA LUMIÈRE...
ET M'A REDONNÉ L'ESPOIR

IL M'A PERMIS DE ME RETROUVER...
D'ALLER VERS L'AVANT
C'EST POURQUOI J'AI REPRIS MON LONG VOYAGE
CAR IL M'A MONTRÉ À CE MOMENT-LÀ, CE QU'ÉTAIT LA VRAIE FORCE
GRÂCE À TOI...
POUR LE MOMENT, JE NE PEUX RIEN POUR TOI, JIO...
MAIS JE VAIS DEVENIR PLUS PUISSANT ET JE T'AIDERAI À TE LIBÉRER
666
DE CE MONSTRE...

CLONG
CLONG
PAF
PLAF

OUILLE
MAIS FAIS UN PEU ATTEN...
... TION...
JI...

IL EN MET UN TEMPS, JIO...
PEUT-ÊTRE QU'IL ESSAIE DE SE LIBÉRER D'UN ÉTRON GROS COMME TA BOULE
HI HI HI
HAHAHA, ÇA DOIT ÊTRE LE JUMBO CACA, MEC !
UNE CROTTE DE BONHOMME, SÛR !
SVOUSH
HI HI HI
POURQUOI EST-CE QUE LES MECS SONT TOUJOURS EN TRAIN DE PARLER DE CE GENRE DE TRUC...
MON ADVERSAIRE EST LE GAMIN AU MANTEAU...
FINISSONS-EN !

GRRRR
TU VAS FAIRE CONNAISSANCE AVEC LA PUISSANCE DES GUERRIERS DE ZENOM
DÉSOLÉ POUR TOI MAIS J'AI PAS DE TEMPS À PERDRE AVEC DES SOUS-FIFRES !
JE NE RÊVE PAS...

JIN !
O.P.T. : JIN

JE SUIS DEVENU UN SOLITAIRE, J'AI REJETÉ TOUS CES SENTIMENTS FAIBLES COMME LA GENTILLESSE OU L'AMOUR...
JE ME SUIS MIS À DÉTESTER CEUX QUI NE SONT QUE DES LARVES ET CETTE HAINE M'A RENDU PLUS FORT !
WOUSHH
AA-AHH !
O.P.T. : JIN
O-PARTS : ???
O-PARTS CLASSE : B
"EFFECT" : FLAMMES (+ FLAMMES NOIRES)
VOS RÊVES VONT DISPARAÎTRE, CONSUMÉS PAR MES FLAMMES !
PAF
POUR VENGER...
MES PARENTS !
LIBÉRATION DU SPIRIT
LES RÊVES SONT FAITS POUR NE PAS SE RÉALISER...
WO
WO
WO
TU ÉTAIS DONC VIVANT ?!

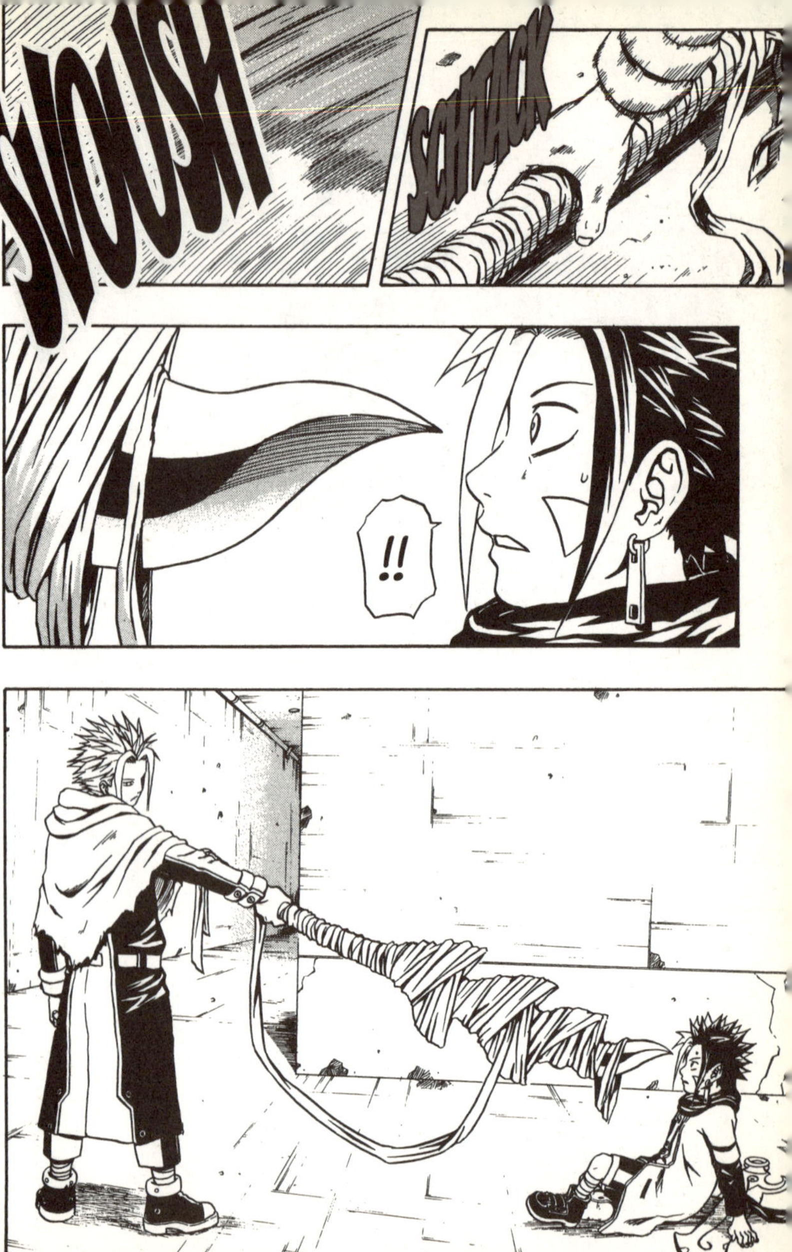
SWOUSH
SCHTACK
!!

CHAPITRE 40 :
RÉALITÉ ET FAUX-SEMBLANTS

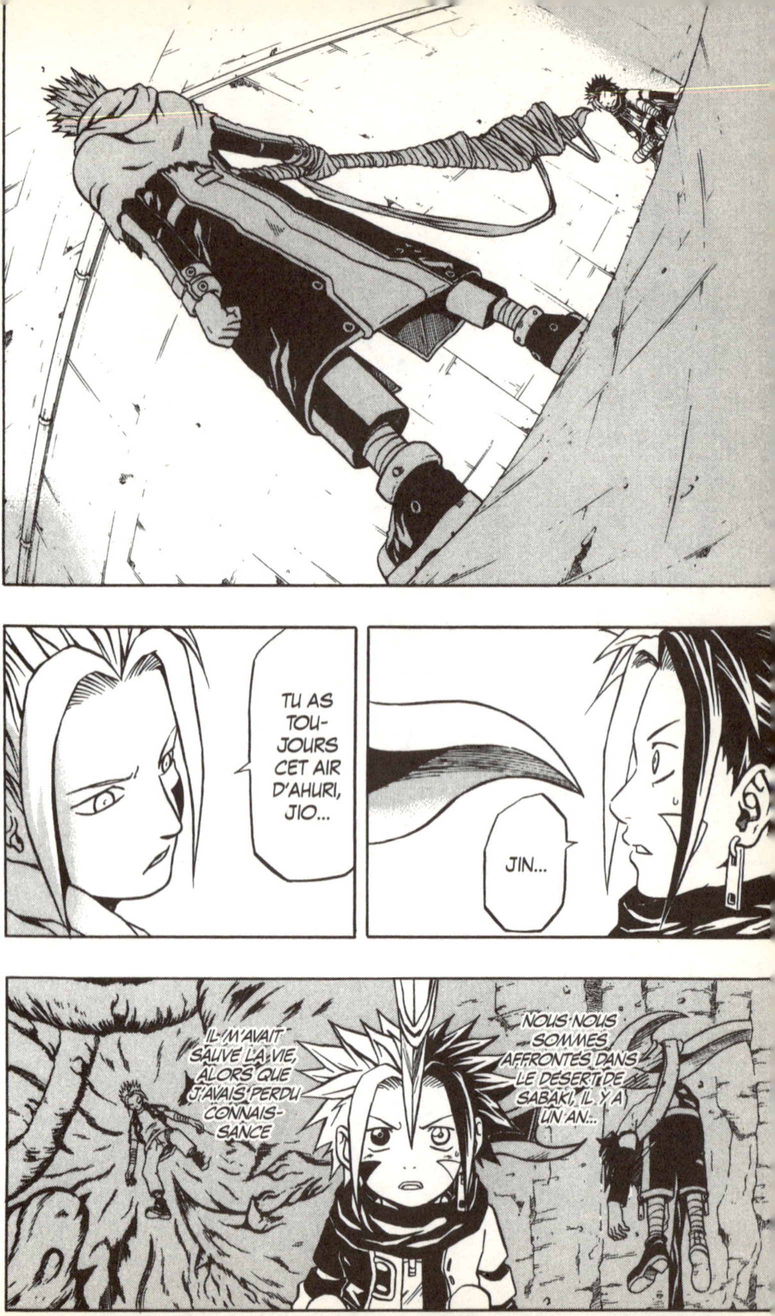
JIN...
TU AS TOUJOURS CET AIR D'AHURI, JIO...
NOUS NOUS SOMMES AFFRONTES DANS LE DESERT DE SABAKI, IL Y A UN AN...
IL M'AVAIT SAUVE LA VIE, ALORS QUE J'AVAIS PERDU CONNAIS-SANCE

ET COMMENT SE FAIT-IL QUE TU SOIS AUSSI SUR ROCK-BIRD ?!
COM-MENT T'EN ES-TU SORTI VIVANT ?
IL M'A SAUVÉ MAIS...
IL EST TOMBÉ DANS LES RONCIERS EN FLAMMES
CLIC
!!
IL SEMBLE QU'ON NE M'AIT PAS PERMIS D'ALLER RETROUVER MES PARENTS AU PARADIS...
PLIC
OÙ SUIS-JE... ?

CES PLUMES RESSEMBLAIENT À CELLES DE SATAN...
M'AURAIENT-ELLES SAUVÉ ?
POURQUOI... JIN... ?
JE SUIS SÛR DE T'AVOIR ENTENDU, À CE MOMENT-LÀ...
TU AS DIT QUE LA PROCHAINE FOIS, TU ME PROTÉGERAIS... QUE NOUS ÉTIONS AMIS...
TU ENTENDS DES VOIX, MAINTENANT ?
TU ES SÛR QUE TU N'AS PAS PLUTÔT ENTENDU...
QUE LA PROCHAINE FOIS, NOUS RÉGLERIONS NOS AFFAIRES, UNE BONNE FOIS POUR TOUTES ?

CLIC
JE DOIS ALLER ME BATTRE
ON EN RESTERA LÀ POUR LE MOMENT
TU ES DEVENU PLUTÔT FORT, JIO... VIVEMENT LA FINALE...
TU AS TOUJOURS ENVIE DE TE VENGER, JIN ?
ON NE PEUT ÉTEINDRE CE QUI EST TOUCHÉ PAR SES FLAMMES
JUSQU'À CE QU'IL SE SOIT ENTIÈREMENT CONSUMÉ
CSHHHH
CETTE ÉPÉE NE PRODUIT QUE DU FEU, MAIS...
LA HAINE QUI COULE AU TRAVERS DE MON SPIRIT, EN A MODIFIÉ LA STRUCTURE

JIO, TU ES UN CHAT NOIR ! TU NE CESSES DE PORTER MALHEUR !
ET MAINTENANT, TU TE LA JOUES PARCE QUE JIN EST TON AMI ?!
PAF
POF
AÏEE !
TAP
LES GARS ! VOILÀ JIN !
JIN !
AIDE-MOI !
TOUT EST DE TA FAUTE...
HEIN ?
RENDS-LES-MOI !
RENDS-MOI MES PARENTS ! PAR TA FAUTE, ILS ONT ÉTÉ ASSASSINÉS !
PAF
POF
ARGH !
J'AURAIS MIEUX FAIT DE NE JAMAIS TE CONNAÎTRE ! ESPÈCE DE DÉMON !

J'AURAIS TUÉ...
LES PARENTS DE JIN...
C'EST DE MA FAUTE SI...
JIN EST DEVENU AINSI
OUAIS!
CLIC
OUAIS!
CLIC
OUAIS!

J'ATTENDAIS CE COMBAT DEPUIS LE DÉBUT !
DEUX CON-CURRENTS QUI SONT TOUT À FAIT À MON GOÛT !

JIN, N'EST-CE PAS ?
SON NOM EST BIEN MARQUÉ SUR LA FEUILLE D'ENREGIS-TREMENT...
MAIS QUEL DOMMAGE QU'IL AIT CACHÉ SON VISAGE SUR LA PHOTO
JIN
OOH, JE SENS QUE JE VAIS DÉFAILLIR DE BONHEUR
J'AIMERAIS TELLEMENT QUE LES DEUX CANDIDATS SOIENT PROCLAMÉS VAINQUEUR
BEN DIS DONC, HI-DERO NE SE SENT PLUS, ACTUELLE-MENT
NE TE VOYANT PAS ARRIVER, J'AVAIS BIEN CRU QUE TU T'ÉTAIS ENFUI
HUMPFF
CAR TU NE M'INTÉRESSES PAS !
CLIC CLIC
PUISQUE TU ES LÀ, ON VA VITE EN FINIR

ÇA ME VA...
TAP
PASSONS AUX CHOSES SÉRIEUSES !
CLIC
CLIC
O-PARTS : ASHURA
CLASSE : B
EFFECT : FLAMMES - ???
O-PARTS : LACE
CLASSE : B
EFFECT : MANIEMENT - ???

TIENS...
ON DIRAIT QUE CE MATCH VA TENIR SES PROMESSES ET ÊTRE INTÉRESSANT
C'EST PAS TROP TÔT
TAP
JIO...
TU EN AS MIS UN TEMPS. LE MATCH A DÉJÀ COMMENCÉ
QUE LUI ARRIVE-T-IL ? IL EN FAIT UNE TÊTE...
...
QUE T'ARRIVE-T-IL, JIO ?

NON, NE ME DIS PAS QUE...
HEIN ?
TU T'ES FAIT DESSUS ?
GRRRRRR
TAP
TAP
VLAN
PLOF
OUILLE !
OUAIS !
OUAIS !

OOOH, JE SENS L'EXTASE M'EN-VAHIR... AHAAAANNN !
QUE LE CINQUIÈME MATCH, JIN CONTRE SHURI, COMMENCE !

SVOUSH
CLIC
CLIC
PSSCHHHH
PSCHHHH
SVOUSH

CLAC
CLIC
SVOUSHHH
OH !
IL A MODIFIÉ SA TRAJECTOIRE !
SCHTACK
SVOUSHH
CLIC
CLIC
CLIC
SVOUSHHH
CLAC

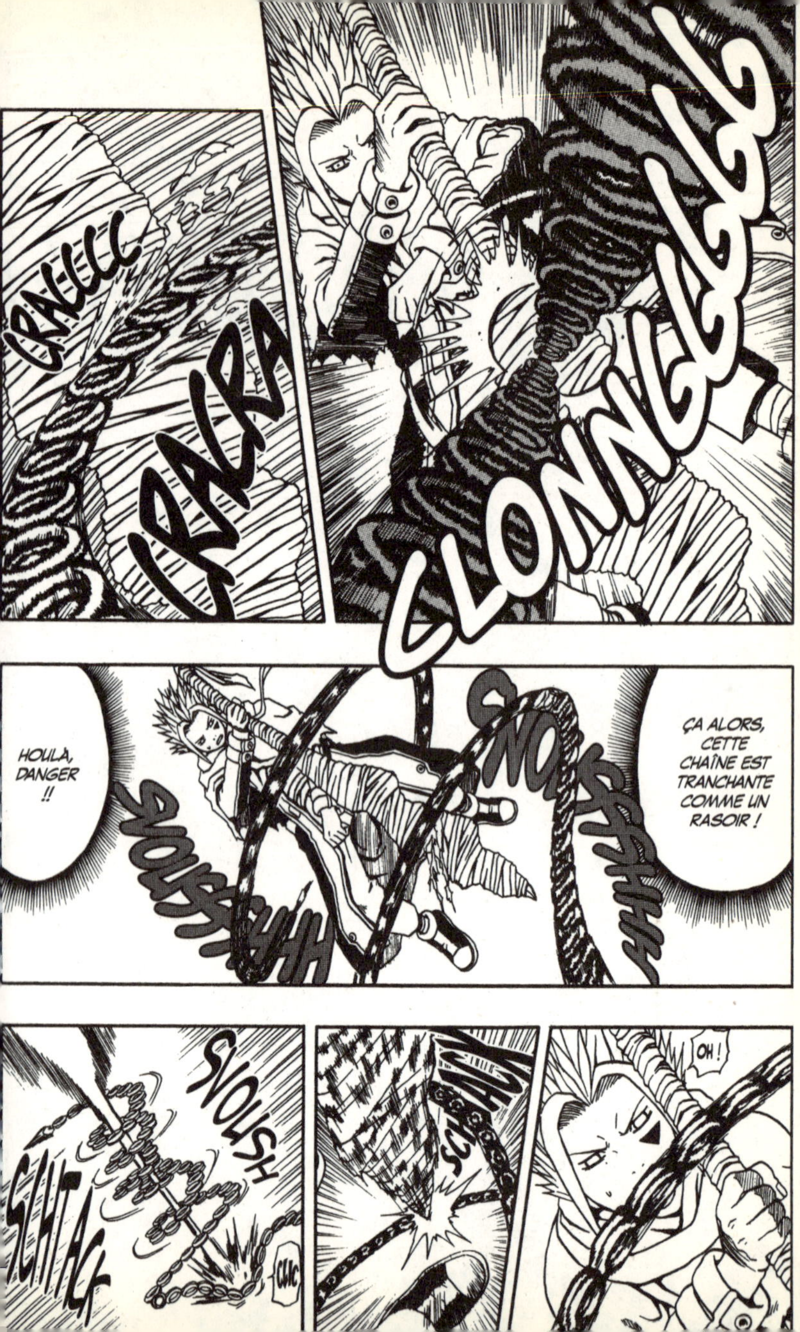
ÇA ALORS, CETTE CHAÎNE EST TRANCHANTE COMME UN RASOIR !
HOULA, DANGER !!
OH !
SVOUSH
CLIC

CLICLICLI
CLICLI
QUELLE VITESSE...
UNE SECONDE D'INATTENTION ET JE SUIS CUIT
...
QUELLE ADRESSE DANS LE MANIEMENT...
JE N'AI MÊME PAS VU LA CHAÎNE BOUGER, MAN...
... ?
QUELLE VITESSE, JE N'AI RIEN VU
MOI NON PLUS. JE ME DEMANDE CE QUI A BIEN PU SE PASSER

JE PENSAIS QUE LA VITESSE DE LACE SUFFIRAIT AMPLEMENT...
MAIS JE ME SUIS TROMPÉ
SSHHHH
FINALEMENT...
TU COMMENCES À DEVENIR INTÉRESSANT
MERCI DU COMPLIMENT
...
J'AI L'IMPRESSION D'AVOIR DÉJÀ VU CE GARÇON QUELQUE PART...
SI TU NE M'ATTAQUES PAS DE TOUTES TES FORCES, TU N'AS AUCUNE CHANCE CONTRE MOI, POUR SÛR
CLIC
FONCE !

SVOUSH
DIAMOND SNAKE !
CLICCLIC
QU'EST-CE QUE... ?
CLIC CLIC
SVOUSH

CCRRCCCCCC
ÇA ALORS, LA BOULE GRAVIFIQUE A GELÉ EN UN INSTANT, ALORS QU'ELLE N'A MÊME PAS ÉTÉ EFFLEURÉE !?
CET O-PARTS EST INTÉ-RESSANT
IL RESSEMBLE À CELUI D'ANNA...
MAIS CONTIENT EN PLUS UN EFFECT PROVOQUANT UN FROID INTENSE
ON NE PEUT PAS SE DÉFENDRE DE LA MÊME FAÇON QUE SI CELA AVAIT ÉTÉ CONTRE ANNA
UN FRÔ-LEMENT ET C'EST LA FIN
GRRR
LCRRCCCC
GRRR...

SV
OUSH
SVOUSH
CCR
CLIC
RR
CCR
CLIC

TU NE POURRAS ÉCHAPPER À LACE ! TU ES FINI !
POUR SÛR !
CRRRCCC
SHURI, BRAVO, QUELLE CLASSE !
JIN, COU-RAGE !
JIN !

!!
PLIC
PLOC

CE N'EST PAS AVEC ÇA, QUE TU VAS ME GELER LES ENTRAILLES !
PLOC
PLIC
...
QU'EST-CE QUE CELA SIGNIFIE ?
ÇA ALORS, IL N'A PAS ÉTÉ CONGELÉ ?!
ON DIRAIT ...
IL VIENT D'ACTIVER SON EFFECT, DIRAIT-ON...
IL POSSÈDE LE MÊME O-PARTS QUE LA DERNIÈRE FOIS

LE BRASIER NOIR...
COMMENT PEUX-TU LE SAVOIR, JIO ?
HEU, EH BIEN...
JIN !
LA HAINE QUI COULE AU TRAVERS DE MON SPIRIT, EN A MODIFIÉ LA STRUCTURE
OH...
LA COULEUR DES FLAMMES, ELLE EST...
FFFLLSSSHHHH
FILLSSHH

BLEUE, DÉSOR-MAIS !
FFLSH

DES FLAMMES BLEUES...
SA HAINE A DISPARU
ÇA ALORS, JE RESSENS LA PUISSANCE DE SES FLAMMES JUSQU'ICI
POURQUOI LES FLAMMES SONT-ELLES DE COULEUR BLEUE ?
C'EST PARCE QUE LA CHALEUR EST TRÈS INTENSE
UNE CHALEUR INTENSE ?
EXACTEMENT ! EN FAIT...

LA PLUPART DES FLAMMES SONT DE COULEUR ROUGE CAR LA COMBUSTION N'EST PAS VRAIMENT COMPLÈTE
L'OXYGÈNE MANQUE ET CELA A POUR EFFET DE PRODUIRE DE LA FUMÉE ET DES RÉSIDUS DE COMBUSTION
DANS LE CAS D'UNE COMBUSTION COMPLÈTE, LA QUANTITÉ D'OXYGÈNE EST SUFFISANTE ET LA FLAMME DEVIENT BLEUE
L'ÉNERGIE CALORIQUE EST BEAUCOUP PLUS ÉLEVÉE, D'AILLEURS
ROUGE
BOUGIE, ALLUMETTE, ETC...
BLEUE
CHALUMEAU, BEC BUNZEN, ETC...
OXYGÈNE
POURTANT L'EFFECT DE CET O-PARTS EST SIMPLEMENT DE PRODUIRE DES FLAMMES...
JE M'EN DOUTAIS...
TU SEMBLES LE CONNAÎTRE, HEIN, JIO ?
HMPF !
...
SI C'EST VRAIMENT LE CAS, ALORS...
CET O.P.T. EST VRAIMENT QUELQU'UN AVEC UN SPIRIT PARTICULIÈREMENT PUISSANT

JIN...
MAIS QU'EST-CE QUE VOUS AVEZ, TOUS LES DEUX ?
BRR
BRR

BBRRRR
BBRRRR
BBRRRR
CLOONNG

?
ON DIRAIT QUE LA QUALITÉ DES COMBATTANTS SEMBLE VOUS RAVIR...
VOUS DEVRIEZ EN PRENDRE DE LA GRAINE
L'EFFECT DE SHURI EST D'ABSORBER L'ÉNERGIE CYNÉTIQUE
CE SERAIT COMME UNE CASCADE DONT LE FLUX SERAIT BRUSQUEMENT STOPPÉ PAR LA GLACE
L'EFFECT DE JIN, EN REVANCHE EST DE PRODUIRE EN UN INSTANT, UNE PUISSANTE CHALEUR, CE QUI LUI A PERMIS DE CONTRER L'ATTAQUE DE SON ADVERSAIRE
CES DEUX-LA SONT DES O.P.T. DE HAUT NIVEAU
DÉCIDÉMENT, JE NE COMPRENDRAI JAMAIS LES HOMMES
CLIC
FLUSSH

C'EST INUTILE DE RÉSISTER, JE VAIS ENCORE ABAISSER LA TEMPÉRATURE
ET TON BRASIER DE FLAMMES BLEUES SERA GELÉ LUI AUSSI, POUR SÛR
SI TA PUISSANCE EST BASÉE SUR CE GENRE D'ATTAQUE...
AHA
AHA
TU NE POURRAS PAS RÉUSSIR À ME VAINCRE
HMPFFF
QUOI ?!
LA VÉRITABLE PUISSANCE...
SE TROUVE ICI !
LE CŒUR... ?

NE TE FICHE PAS DE MOI ! LA PUISSANCE EST QUELQUE CHOSE DE PALPABLE !
TOUT CE QUI N'EST PAS PALPABLE OU CONCRET, N'EXISTE PAS !
MON PAYS FUT IMPLIQUÉ MALGRÉ LUI DANS LE CONFLIT QUI OPPOSAIT STEA À MARSA
IL Y A ENCORE DES SURVIVANTS ICI !
JE SUIS PERSUADÉ QUE CE SONT DES O.P.T. DE MARSA, QUI SE FONT PASSER POUR DE SIMPLES HUMAINS
MAIS NOUS SOM-MES DES HUMAINS
ET CETTE VALISE, IL Y A QUOI DEDANS ?

CE N'EST PAS À NOUS !
ÉLIMINEZ-LES !
CLIC
JE VOUS EN PRIE, CROYEZ-MOI !
DÉSOLÉ, MAIS NOUS SOMMES EN GUERRE !
RATATATATATA

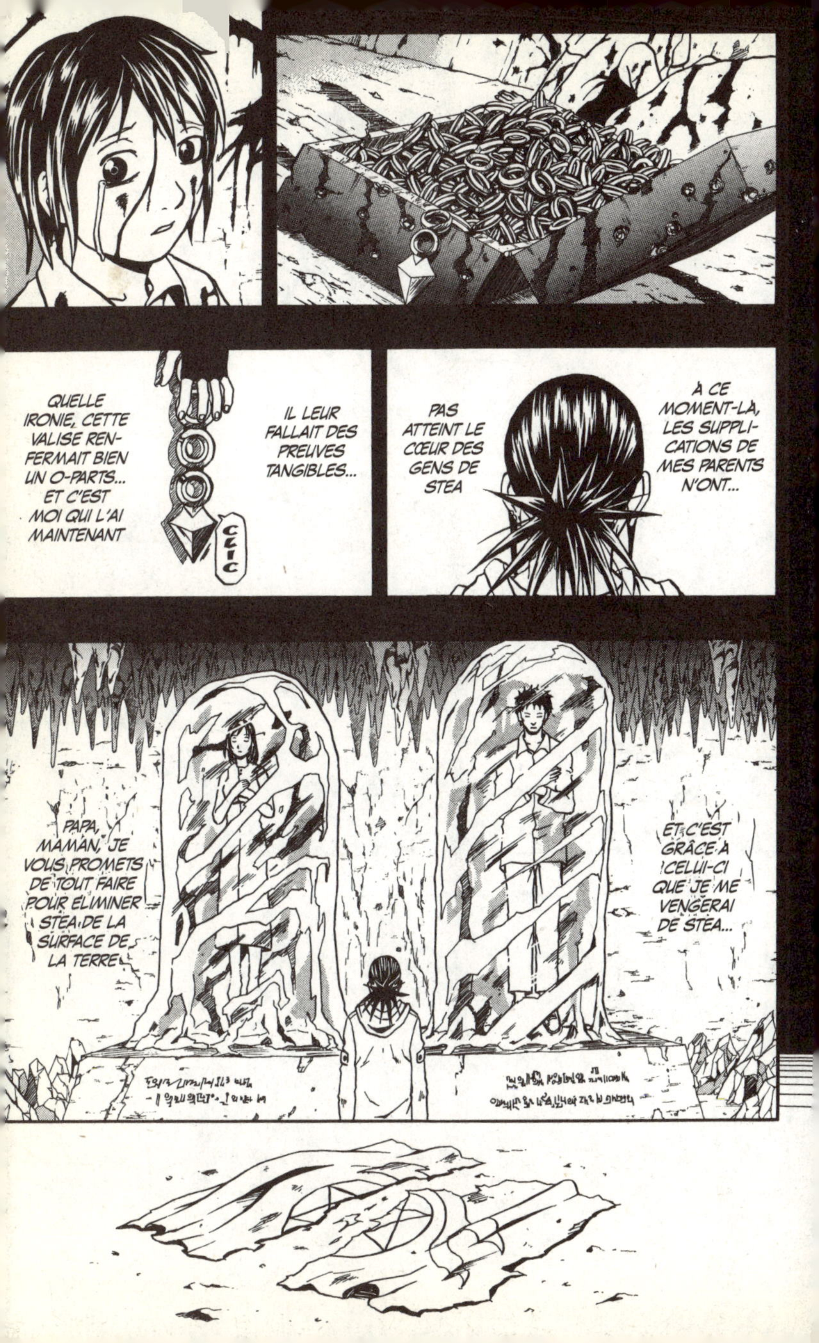
À CE MOMENT-LÀ, LES SUPPLICATIONS DE MES PARENTS N'ONT...
PAS ATTEINT LE CŒUR DES GENS DE STEA
IL LEUR FALLAIT DES PREUVES TANGIBLES...
CLIC
QUELLE IRONIE, CETTE VALISE RENFERMAIT BIEN UN O-PARTS... ET C'EST MOI QUI L'AI MAINTENANT
ET C'EST GRÂCE À CELUI-CI QUE JE ME VENGERAI DE STEA...
PAPA, MAMAN, JE VOUS PROMETS DE TOUT FAIRE POUR ÉLIMINER STEA DE LA SURFACE DE LA TERRE

J'AI GARDÉ LES DÉPOUILLES DE MES PARENTS ET C'EST GRÂCE À CELA...
QUE JE PEUX ENCORE SENTIR LEUR PRÉSENCE
...
TU AS PEUT-ÊTRE UNE PRÉSENCE TANGIBLE DE LA PRÉSENCE DE TES PARENTS MAIS...
ILS NE SONT PLUS DANS TON CŒUR
MOI, JE N'AI PLUS AUCUN OBJET VENANT DE MES PARENTS...
MAIS ILS SONT TOUJOURS PRÉSENTS AU FOND DE MON CŒUR

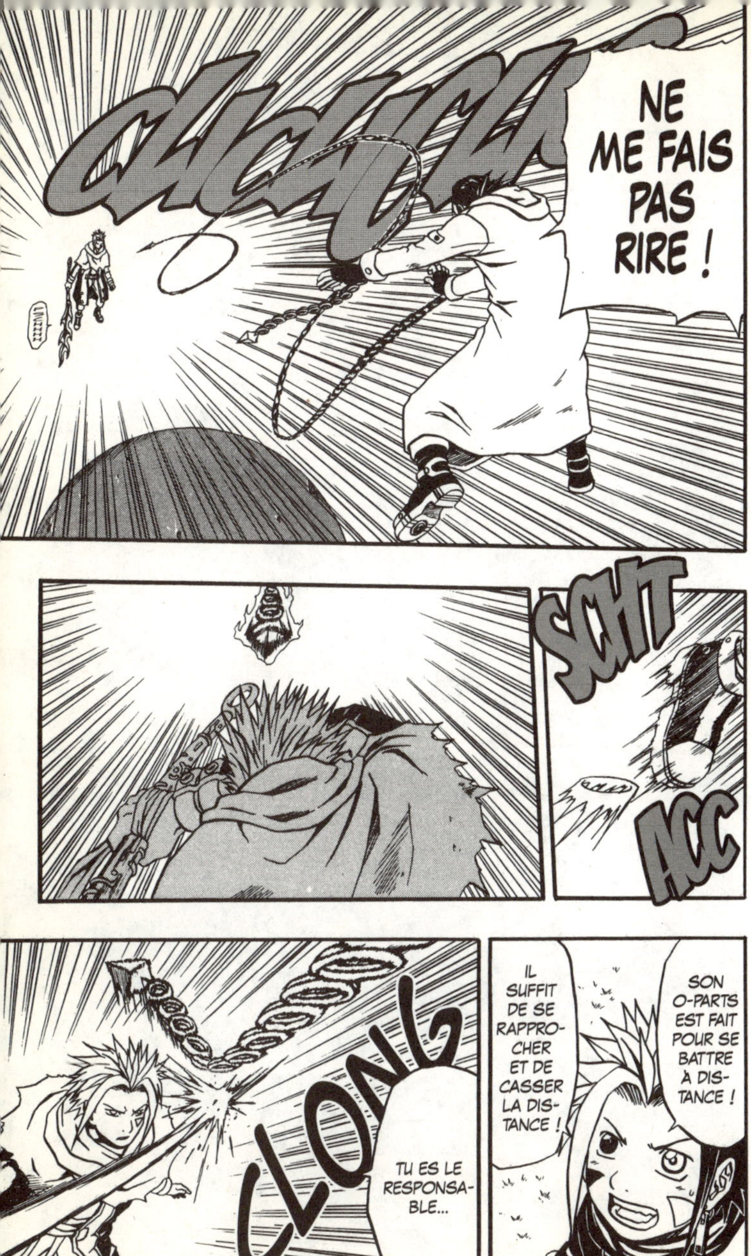
NE ME FAIS PAS RIRE !
SCHT
ACC
SON O-PARTS EST FAIT POUR SE BATTRE À DISTANCE !
IL SUFFIT DE SE RAPPROCHER ET DE CASSER LA DISTANCE !
TU ES LE RESPONSABLE...
CLONG

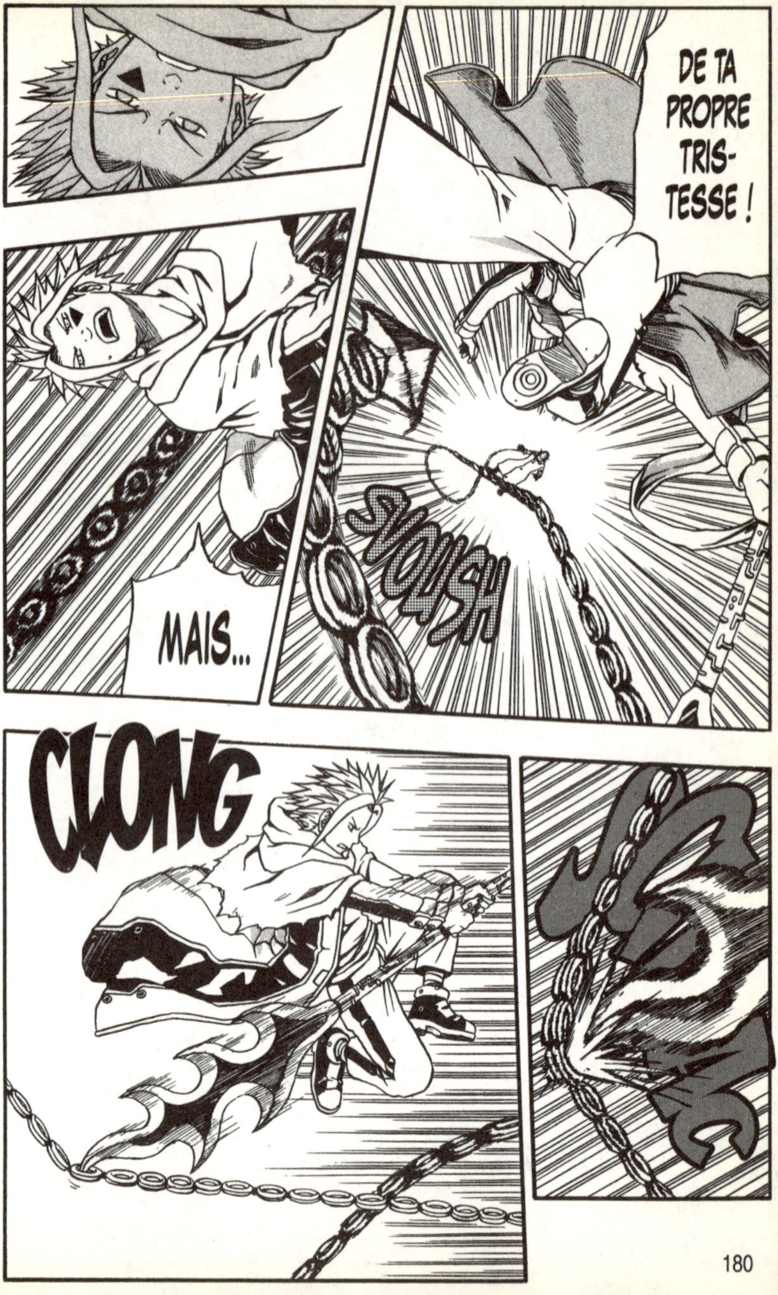
DE TA PROPRE TRIS-TESSE !
MAIS...
SWOUSH
CLONG

SVOUSH
TOUT LE MONDE FINIT PAR L'ACCEPTER, POUR CONTINUER À ALLER DE L'AVANT !
OH !

GIGA BAYNE !
FLLSSSHHHHH
FFLLSS
EFFECT : GIGA BAYNE
PROJECTION D'UN BRASIER EXTRÊMEMENT PUISSANT, SOUS UNE FORME DE BOULE DE FEU
SSHHHH

OUAW !
INCROYA-BLE...
JIN, BRA-VOOO !
OUIN, MON PAUVRE SHURI !
FL
SHHH

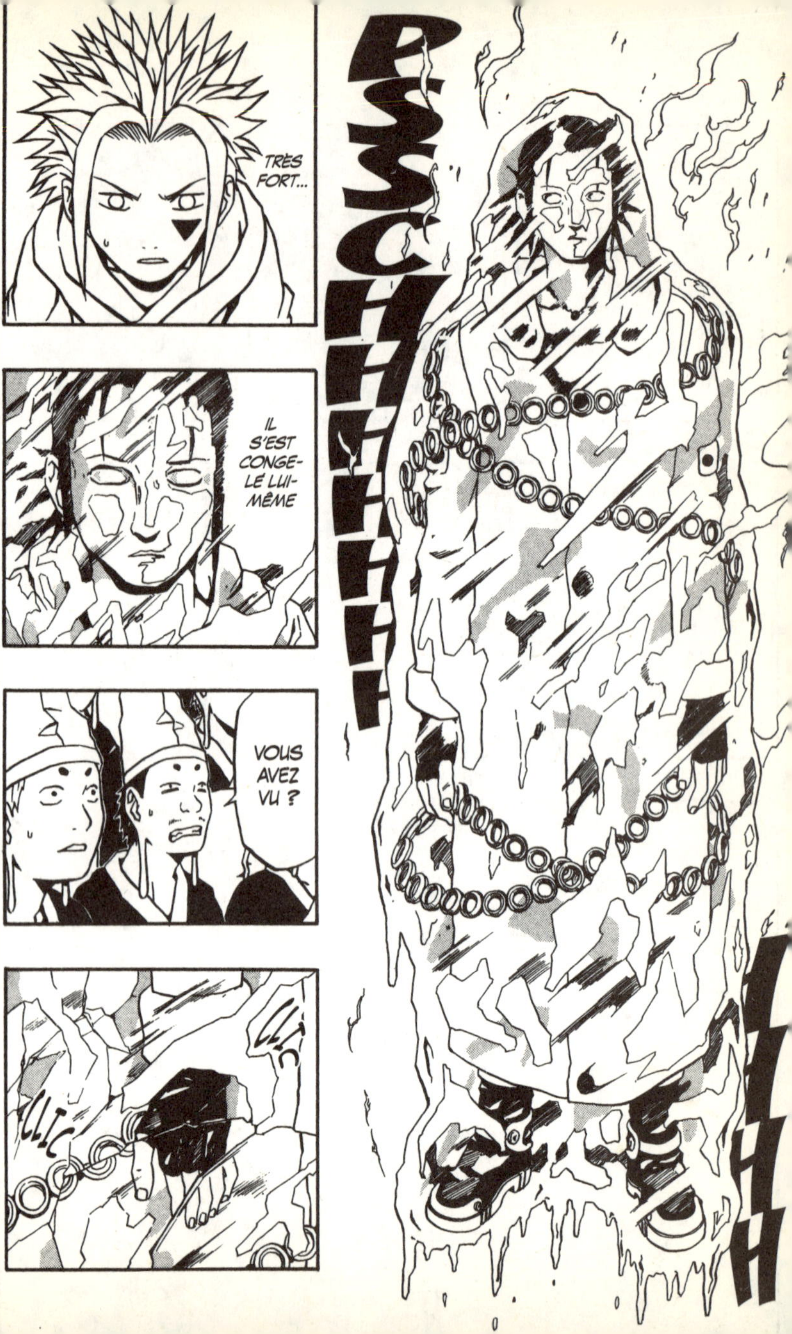
PSSCHHHHHH
TRÈS FORT...
IL S'EST CONGELÉ LUI-MÊME
VOUS AVEZ VU ?
CLIC
CLIC

CLINNGGGG
PLIC
PLIC
PLIC
PLIC
PSCHHHHH
JE ME SUIS CONSTRUIT UN COCON DE GLACE, JUSTE AVANT QUE TES FLAMMES N'ARRIVENT JUSQU'À MOI
JE TE RETOURNE LE COMPLIMENT
CE N'EST PAS AVEC CE GENRE DE TECHNIQUE, QUE TU POURRAS ME VAINCRE, POUR SÛR
TU N'AS CESSÉ DE FUIR JUSQU'À PRÉSENT, REFUSANT D'ACCEPTER LA MORT DE TES PARENTS...
ET DEPUIS CE MOMENT, TON CŒUR EST DEVENU TON POINT FAIBLE...
LES HUMAINS ONT TOUJOURS ÉTÉ FAIBLES À CE NIVEAU-LÀ
C'EST POUR CELA QU'ILS CONSERVENT DES SOUVENIRS DE LEURS PROCHES DÉCÉDÉS
PLOC
PLOC

ET TOI, QU'Y A-T-IL DANS TON CŒUR ?
CLING
CLING
北
東
...
DIAMOND HORNET !

CLONG
CLONG
CLONG
CLONG
CLONG
CLONG
CLONG
CLONG
ZUT, SON ATTAQUE ÉTAIT UN LEURRE !

COMMENT POURRAIS-TU ME BATTRE...
TOI QUI N'AS RIEN DE TANGIBLE À QUOI TE RACCROCHER ?!
666 ~ SATAN ~ VOLUME 10 / FIN

SEISHI ET LA PROFESSEUR

SEISHI ET LA STATION D'ESSENCE

CATALOGUE DES O-PARTS (10)

O-PARTS : SKULL
CLASSE O-PARTS : E
EFFECT : ??

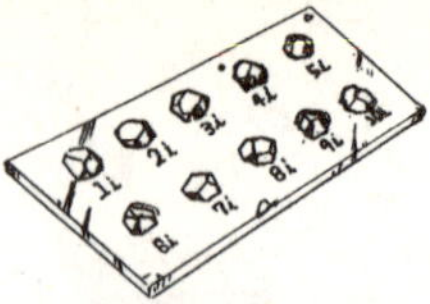

APPAREIL DE DÉTECTION
POUR LES ANTI-SEPHIROT.
UN DÉTECTEUR DE
DÉMONS DE LA CABALE
INVERSÉE

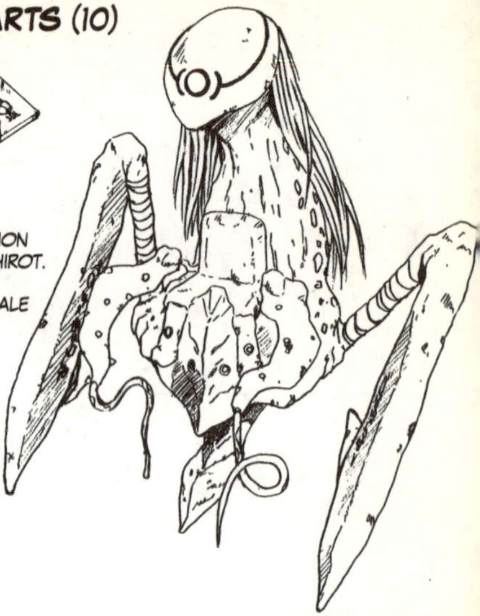

O-PARTS : BIRAIYA
CLASSE O-PARTS : A
EFFECT : 1 : ACIDE
2 : DÉPLACEMENT RAPIDE
ON NE COMPTE PLUS LE
NOMBRE D'O.P.T. QUI PERDIRENT
LA VIE, EN ESSAYANT DE LE
CONTRÔLER

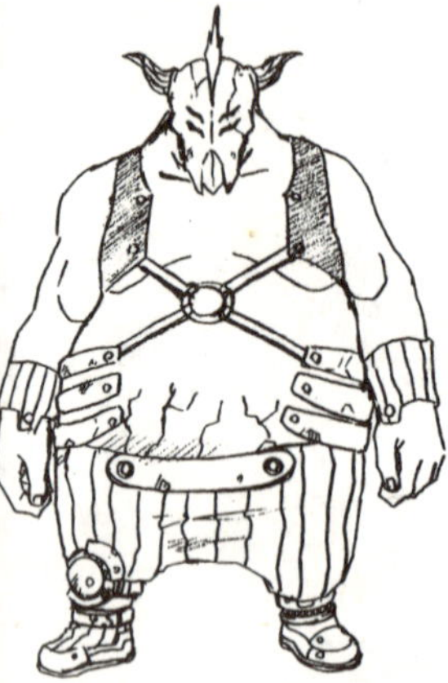

O-PARTS : MII
CLASSE O-PARTS : B
EFFECT : ÉMET UN GAZ
EMPOISONNÉ S.E.P.
SON CORPS EN ENTIER
EST UN O-PARTS. IL NE
RESPIRE PAS LES GAZ
QU'IL ÉMET GRÂCE AU
MASQUE QU'IL PORTE,
ET QUI LE PROTÈGE

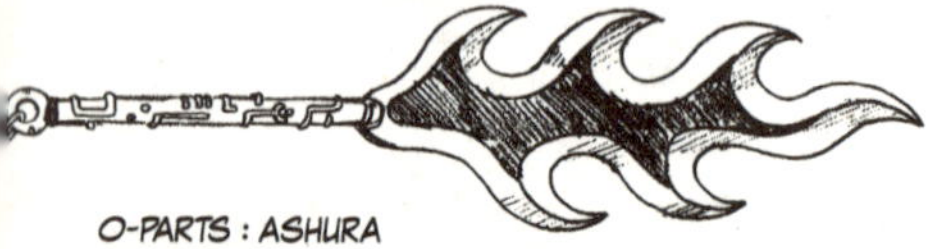

O-PARTS : ASHURA
CLASSE O-PARTS : B
EFFECT : FLAMMES
L'EFFECT DE CETTE ARME PEUT
ÉVOLUER EN FONCTION DU SPIRIT
DE JIN, SON PROPRIÉTAIRE.
DU BRASIER NOIR QU'IL POUVAIT
CRÉER DANS LE PASSÉ, IL PEUT
DÉSORMAIS CRÉER DES FLAMMES
BLEUES TRÈS PUISSANTES

O-PARTS : LACE
CLASSE O-PARTS : B
EFFECT : 1 : CONGÉLATION
2 : MANIEMENT
CHAQUE MAILLON DE LA CHAÎNE EST
SEMBLABLE À UN RASOIR. CHAÎNE
EXTRÊMEMENT PUISSANTE GRÂCE AUX
CAPACITÉS DE MANIEMENT DE SHURI.
IL N'UTILISE L'EFFECT DE CONGÉLATION
QUE DANS LES DERNIÈRES EXTRÉMITÉS